有一种力量，叫文学；
有一种美好，叫回忆；
有一种感动，叫青春；
有一种生命，在鲁院！

鲁迅文学院·百草园文集

散落的书叶

谭旭东 ◎ 著

SANLUO DE SHU YE

知识出版社

谈读书，谈文学，谈艺术，谈人生；
回忆老师，回忆亲人；
展示爱、善意与理想。

图书在版编目（CIP）数据

散落的书叶 / 谭旭东著．-- 北京：知识出版社，
2017.8
（鲁迅文学院百草园文集）
ISBN 978-7-5015-9588-4

Ⅰ．①散… Ⅱ．①谭… Ⅲ．①散文集—中国—当代
Ⅳ．①I267

中国版本图书馆 CIP 数据核字（2017）第 211785 号

散落的书叶　　谭旭东　著

出 版 人	姜钦云	
责任编辑	易晓燕	
装帧设计	君阅书装	
出版发行	知识出版社	
地　　址	北京市西城区阜成门北大街 17 号	
邮　　编	100037	
电　　话	010-88390659	
印　　刷	北京一鑫印务有限责任公司	
开　　本	787mm×1092mm　1/16	
印　　张	15	
字　　数	280 千字	
版　　次	2017 年 8 月第 1 版	
印　　次	2020 年 2 月第 2 次印刷	
书　　号	ISBN 978-7-5015-9588-4	

定　　价　39.00 元

C目录
ontents

自　序

前年夏天，张怀存在英伦那边给我电话和微信，让我整理一下自己的散文随笔，她要主编一套名家散文，放到广州一家出版社出版，请我也加盟一下。后来不知什么原因，那套书夭折了；但也很感谢怀存，她一直关注和鼓励我！张海君这次策划鲁迅文学院作家丛书，让我组稿。除了约了六位鲁迅文学院的同学的稿子，我也重新整理了自己的散文随笔，并定名为《散落的书叶》。

我写的散文随笔并不算多，几乎没有在纯散文类刊物上发表过作品，但在一些少儿报刊和其他报刊倒是开过专栏。如四川的《少年时代》就专栏刊过我的系列散文，还有《语文导报》《新华书目报》和《辽沈晚报》也给我开过随笔专栏。此外，《红蜻蜓》《少年月刊》《少年日报》《中国中学生报》《中国教育报》《全国新书目》和《教师博览》等报刊也陆续刊登过我写的一些关于读书、写作和成长的随笔。回想自己最早发表散文，竟然是大学时代了。那时候，一边写诗，一边写点散文诗和散文，还在《扬子晚报》《文汇读书周报》《人民日报》《天津日报》及《中华读书报》等处发表过一些小东西，汤素兰、徐鲁等主编的儿童文学选本里也选过我的一些散文，我也出版过《翻开春天这本书》《太阳的味道》《童年的月光光》和《我的书生活》等四本散文和随笔集。《我的书生活》由安徽教育出版社出版后，反响很好，国内二十多家报刊都加以报道、评价，对我来说也是一种鼓励。

在一些公开场合，我总以"两面三刀"来戏说我的文学写作。所谓"两面"，即我既为孩子写作，又玩些成人的文字游戏，可以说脚踏"成人文学"和"儿童文学"两只船。所谓"三刀"，即我既搞创作，又做翻译，还醉心于理论批评。我的创作涉及面比较广，在诗歌、散文、童话和寓言方面出版过几十本书，虽然每一本都不厚，但也算是有可观的数量。我还零星地发表过几篇报告文学和小说，也写过中、短篇科普童话。在理论批评方面，我涉及的面也很宽，儿童文学研究、文艺批评、儿童阅读研究和当代文化批评，等等，都写过一些或长或短的文章，还出版过十多本书。我做理论批评，态度很严肃，行文很规范，往往对事不对人，但也常遭到嫉妒和攻击，尤其是近几年稍有成绩，还遭到了一些诽谤。不过，文艺创作和研究拼的是真功夫，任何人都无法把真正的作品打倒，所以，我依然对文学充满信心，对生活充满感恩。

写散文随笔与写诗有很大不同，写诗更多是在激情状态下写出来的，而且一定要一气呵成。这几年，随着人近中年，经历过的世事多了，看过的人也多了，读的书当然也多多了，心情平静许多，而且能够沉潜自己的思想，写散文似乎更加顺手。有时候，喝完茶或读完书，坐在电脑前，一会儿就打出了一篇两三千字的散文或随笔。我写的散文和随笔，都追求真实、真诚，喜欢写自己的感受，写自己的心得，写自己的趣味。"五四"时期的散文随笔都是很朴素冲淡的，不追求华丽的外表，而注重自我的修养和气质。散文随笔的美学特征也在此，笔随心走，求真求美，也引人向善。因此，我把表现性灵和心境当作散文写作的一种基本尺度。把这本集子定名为《散落的书叶》，也算是我读书的心得和自我心迹的表达。

《散落的书叶》中的文字大体有几类：一是我读书的随笔，二是我创作和研究之路的追叙，三是我对童心世界和儿童教育的一些看法，四是我读一些书的心得和感悟，五是我写的几篇艺术随笔和教育随感，六是我童年的回忆。这些文字，我自认为是适合小学高年级和初中生阅读的，对那些热爱文学的年轻读者也一定有些启发。

在整理这些散文随笔时，要特别感谢张海君，他是我的同乡，人很忠厚淳朴，热衷于出版事业；也感谢张怀存，她一直信任我，支持我，即使她去了英伦，我们之间的友谊也没有疏淡。《中国武警》的王久辛、《少年时代》的陈晓霞、《教师博览》的周正旺、《少先队干部》的叶子健、《中国中学生报》的李明、《新华书目报》的孟凡、《天津日报》的刘颖、《辽沈晚报》的胡琛若、《语文导报》的李冰、《红树林》的刘艺和《学习方法报》的张旭燕等诸位老师在写作上给予了我莫大的鼓励和支持，还有其他一些编辑和师友。应该说，没有以上这些可敬的师友的督促和约请，可能就不会有这么一本书。

写作是件很愉快的事，它总结我的生活经验，也洗礼我的灵魂。写作也让我和读者的心连在一起，因此，我们也要敬畏读者，敬畏文字。

有书滋养的童年

　　我的童年，是在乡村度过的。我的老家在湖南东南部的小山村里，父亲是一位普通的中学教师，工资微薄，家里老老小小有八口人，家庭非常清贫。读小学时，学校条件很差，老师都没有很高的学历。我们的学校四周都是田野，教室是四排平房，没有大操场，更没有篮球场。学校教室中间的一块空地，就是我们活动的场所。那时候，学校也不可能有图书馆，更不可能开展很多文体活动。童年虽然非常清苦，但过得非常快乐。我家屋前有田野、小溪，屋后有松林，可以到小溪里摸小鱼、捞小虾，也可以到山上采野果、采蘑菇。小时候，家里有一些古典文学名著，如《红楼梦》《水浒》《三国演义》和《西游记》，我如饥似渴地阅读。那时候，爸爸妈妈偶尔也会给我几毛钱零花，我就偷偷攒起来，去小镇上买《儿童文学》杂志，买冰心、泰戈尔的诗集，还去大姨父家借阅一些报纸杂志。因此，童年时代，我就体验到了文字的乐趣，感受到了文学世界的迷人，也很羡慕那些能够写出动人故事和优美诗篇的作家、诗人。

　　记得有一年端午节，我家所在的平背公社要和相邻的安平镇搞一个龙舟比赛。姐姐带着我和弟弟去观看，那一次妈妈给了我一块钱，让我买吃的。结果，我看了一会儿龙舟表演，就跑到镇上的书店去买书了，我花了九毛二分钱买了两本书，还剩八分钱，不够买吃的，只好饿了一天的肚子，下午才赶回家。童年时，我最大的梦想，就是希望长大后走出大山，去看大海，看轮船，坐火车，乘飞机。妈妈告诉我，有一次，吃完晚饭后，我和小伙伴出去玩打仗，玩累了回到家里，歪在床头就睡了。妈妈看我满身汗水，浑身泥巴，就把我抱下来，给我脱衣服，还给我擦洗身子，然后把我抱回床上。我躺在妈妈的怀里，说了梦话："妈妈，妈妈，坐飞机真好玩！"妈妈一听我说梦话，一巴掌拍在我的屁股上，把我拍醒了，她大声对我说："东崽，你又说梦话了，还说坐飞机真好玩。要是你不好好读书，变出息，将来只能坐板车！"妈妈的话，给我留下了深刻的印象，那时候，我就想：一定要好好读书，做个有出息的人！

因为爱读书，也希望自己有出息，所以，小学时我对每门课程都怀着莫大的兴趣，成绩一直非常优秀。参加初中升学考试，我是整个学区的第一名。后来，初中和高中，我也努力学习，并且在课余时，大量阅读中外文学作品，为以后的文学创作打下了良好的基础。记得初中、高中时，每个学期的作文比赛，我都能获奖。除此以外，我还经常参加书法、美术比赛，也能拿到很好的名次。高中时，我不但在全县数学竞赛中取得了好名次，还在作文比赛和美术比赛中遥遥领先。那时候，我还和同学一起办墙报，开展文学社活动。在尝试着写作的时候，虽然不敢投稿，但对文学世界的感悟能力在一天天提高。高三时，我去四姨父工作的水泥厂玩，发现那里地处偏僻，工人的孩子上学很困难，就写了一篇呼吁改善工人孩子上学难问题的文章，投到了《湖南工人报》。没想到，我这篇反映情况的短文被刊登在该报的头版。那是我第一次品尝到了发表作品的乐趣，虽然那不是我的第一篇文学作品，却激发了我的写作兴趣。于是，上大学后，我充分利用学校的图书馆，认真学习，博览群书，虚心向名师请教，终于走上了文学创作的道路：大学二年级，开始在省市报刊大量发表诗歌、散文和新闻报道；到了大学三年级时，我就出版了第一部诗集。渐渐地，美好的文学之路，越走越宽阔。

回想我的童年，那些山村的日子，也给了我文学的启蒙。美丽的自然风光，家乡淳朴的人情人性，都给了我爱和美的灵性。当然，我能成为一名作家，获得鲁迅文学奖，更多是因为爱读书。是读书，让我真正理解了文字，感受到了文学的深邃。我一直觉得，没有美好的文学世界，人类就很难真正长久地保持理想和希望。我的成长离不开文学，文学在我的生命里起了不可估量的影响。

热爱阅读

 我出生在乡村，那时候条件很差，学校教学设备非常简陋，没有图书馆，更谈不上课外阅读。我的小伙伴们因为考不上初中、高中，只有待在乡村里种地耕田，辛劳一生。

 回想自己的成长之路，还是读书改变了自己。记得小学三年级时，还只能识一千多个字，我就拿起了家里藏的《西游记》《水浒》和《红楼梦》等书慢慢地啃。虽然不能理解这些名著里的深刻含义，但初步感受到了阅读的乐趣，也感知到了，除了课本，还有很多值得我们阅读的书。所以初中、高中时，我尽可能地阅读了很多世界名著，也正是因为青少年时期有这个经历，所以对阅读一直保持着浓厚的兴趣，尤其是对文学名著，更是充满着期待。

 阅读，尤其是读优秀的文学作品，我感觉至少有三个方面的好处：一是读书长知识。各种文学名著，给我打开的是一扇了解社会和人生的窗口。读一本好书，就像发现了一个新的世界；而且好书还告诉我们方方面面的知识，帮助我们理解生活，学会做人做事。二是读书培养爱心。好书都是用心写成的，一个不热爱大自然、不热爱生活、不热爱世界的人，是不会写出好的作品的。无论诗歌、散文，还是小说、童话，里面都包含着作家的爱，作家对人类的关怀，对希望、理想的追求。三是读书使人变美。"读史使人明智，读诗使人灵秀。""腹有诗书气自华。"这些格言名句大家都记得，它们告诉我们，优秀的文学作品不但给人一个审美世界，还教会人审美，使人懂得如何发现美，如何感受美，如何创造美。因此，书读得多，会懂得语言、行为的修养，也懂得心灵的培育。所以，多读好书，有爱美之心，知道如何做得更好。

读书方法很多，很多人刻意去做读书笔记，刻意去写读后感，但最关键的是要把读书变成一个习惯。如果读书就像一大早起来就要刷牙洗脸一样不可缺少了，那么阅读就不是一件很难受、需要刻意去做的事啦。总之，时间是海绵里的水，对一个有阅读习惯的人来说，书本总是最亲密的伙伴，书香才是快乐幸福生活的必需！

我的读书生活

安徽教育出版社出版了我的随笔集《我的书生活》，一位报刊编辑读到后，约我写一些自己的读书生活。他们也想让读者看看，我的生活到底是如何与书有关的。

我的微博名是"西山书客谭旭东"，有人也好奇地问：为什么用"西山书客"这个名字？我说，我住在北京西山之麓，也爱读书，就自称为"西山书客"了。说实在的，我不敢称自己是读书人，但爱读书、痴迷于书是事实。

我的成长之路，一直没有离开书香的滋润，书是我最贴心的伙伴。现在想一想，如果小时候没有遇到好书，没有接触经典，今天也许真的是另一种生活。我老家在湖南南部的小山村，父亲是中学老师，母亲务农，兄弟姐妹四个，家境很清贫；很幸运的是，家里没有像样的家具，却有一些好书，而且我父亲愿意给我零花钱买小人书。记得小学同学有五十多个，但最后走出山村、到城市里读大学的，就我一人。其他童年的小伙伴，因为没有考上大学，都留在了农村务农。可以说，是读书改变了我的命运。

小学三年级时，刚认识了一些字，就开始读《儿童文学》《小溪流》和《中国少年报》等少儿报刊，开始读《西游记》和《水浒》等名著。渐渐地，我懂得了很多道理。所以读小学时，我开始变得不那么野了，开始比一般的孩子沉静，愿意思考，也喜欢在文字里寻找美好的东西。每一次上课，别的男孩子不停地说话，做小动作，我却能够安静地听老师讲课。一到下课，我就沉浸在小人书的世界里。放学回到家里，帮着干完家务活或农活，我就坐在屋子里读书。当然，那时候读文学作品，并不知道什么是作家，也对文学没有概念；但纯正的阅读给了我最初的奠基，让我学会向往外面的世界，学会想象，学会超越。初中时，我有幸接触更多的世界名著，也阅读了艾青、冰心、茅盾、朱自清、郭沫若和叶圣陶等中国作家的作品。那时候，文学进入新时期，《人民文学》《青年文学》《诗刊》和《湖南文学》等文学期刊也是办得最好的时期，我读到了韩少功、张贤亮、张承志等20世纪80年代初出道的那一代作家最有影响的作品，也熟悉雪莱、叶赛宁、莱蒙托夫、夸西莫多等很多世界文学大家的名字，在他们的文字里自由地徜徉。

大学时，是我读书的又一个黄金季节。那时候，已经没有了中考、高考的压力，学校图书馆里藏书又多，还有各种最新的文学期刊，因此，我像小鸟飞到了高远的天空、深深的山谷，有了更加自由飞翔和啼唱的环境。我开始一边读书，广泛涉猎中外文学名著，一边开始动笔写作，做起了作家梦，而且开始向一些大型文学期刊投稿。记得第一家刊登我诗作的是《飞天》，它是甘肃省文联主办的刊物，当时的主编是著名诗人李云鹏，诗歌编辑是著名诗人李老乡，那也是我以"梁木"为笔名第一次公开发表作品。大学时，我在《飞天》杂志和《中国煤炭报》发表过几组诗，开始对诗歌产生了浓厚的兴趣。大学读书不是很杂，我读得最多的是诗歌集，几乎国内稍微有一定影响力的诗人的作品，我都读过。朦胧诗大讨论的一些论文，我也细细读过，对当时文坛的动态也了如指掌，算是真正爱上了文学。

工作以后，我曾经醉心于诺贝尔奖获奖作家的著作，从法国作家普吕多姆到爱尔兰诗人希尼，我阅读了上百本小说和诗集，使自己在写作上有了质的飞跃。我还购买德里达、伊格尔顿和韦勒克·沃伦的著作，阅读李泽厚、刘再复、童庆炳、曾镇南、范伯群和陈思和等大学教授的文学理论和评论，因此，从那时候起，我有了写文学评论的自信，开始在《人民日报》《文艺报》和《文艺理论与评论》等报刊发表短篇评论。这为我以后从英语专业转学中文，做博士，专心致志地做文艺理论研究有直接的关系。

读书几十年，虽不能说是一个优秀的学者，但也出了很多书，算是著作等身了。读书给我的好处尤其是乐趣，是一篇文章难以说完的。有人要我介绍读书的经验，我自然也不敢多说，但读书给我最深的感受就是，一定要从经典起步，就像走路一样，少走弯路，少走小道。人的时间和精力有限，不能看到别人读什么，你就读什么。跟着流行图书、流行文化，是很容易浪费时间的，而且也培养不起高雅的趣味。更不能逮住什么书就读什么，读书不加选择，就像吃东西不加选择一样，很容易吃到没有营养的食品，甚至可能吃到毒品。现在，我们的学校教育还存在应试的问题，如果仅仅为了考试而读书，也会很可惜，那样最终会出现偏食，甚至可能得"厌食症"。如果患了"厌食症"，不爱读书，才是最大的可惜、最大的悲哀。我在大学中文系教书，就发现现在很多大学生不爱读书，也很少读名著，一是因为中学时考试压力大，课业任务重；二是从小没有养成读书的习惯，再加上受到电视、网络的影响，对文字不感兴趣。结果呢？造成了知识的缺失，而且情感也不那么丰富，很容易受伤。这是值得家长和老师警惕的。

我应邀到过很多中小学校做阅读和写作的讲座，我有一个观点，那就是阅读和写作是紧密联系的，不读书，无以言。很多语文老师认为，阅读是可以通过做阅读训练题来提高的，其实这是一个认识上的误区。语文试卷上的阅读理解题有标准答案，反而束缚了学生的想象力、理解力，时间一长，会让学生厌倦阅读的。事实上，真正的阅读，应该是见仁见智，而且"一千个人有一千个哈姆雷特"。如果读一篇文章，能够找到标准答案，那不是真正意义上的阅读。所以，我极力主张，学校和老师要鼓励课外阅读，让学生多读名著，多亲近经典。此外，要想提高写作能力，一定要有大量的阅读。不多读书，是很难有写作能力的。好的文字，优美的篇章，等于给写作提供了一个参照物，里面的修辞，里面的结构，是直接可以让读者学习、模仿和受益的。我自己的写作经验就是这样的，读多了，就很想写，刚开始是模仿那些优秀作家，想从他们的文章里找到适合自己思想情感表达的形式或方式；渐渐地，写多了，就会有自己的创造，有自己的修辞，有自己的风格。因此，我总在呼吁，中小学生一定要多读书，要提高写作能力，一定要多读书，多思考，多练笔。

对语文教育，我有自己的看法。我认为，语文教育的基本目标，就是要享受文字带来的快乐；在此基础之上，学会写作，学会用母语创造属于自己的审美世界。因此，学校应该尽量营造读书氛围，引导学生多读书，读好书。现在，我们把语文教育看得很狭隘，单纯从实用和应试层面来考虑，其实是没有真正理解语文教育的要义。前些日，针对鲁迅作品被从初一语文课本里删除的讨论，我写了一篇谈语文教育的文章。其中，我就提到，如果我们让孩子们学了十二年语文，但孩子们不爱读书，也不会写作，连母语的基本能力都没有，那我们怎么传承自己的文化，怎么让母语有血脉的延续？因此，读书是学校教育的核心。

杜甫有一句名言："读书破万卷，下笔如有神。"这句话就是告诉我们，书读得多，写作能力自然会提高。歌德说过："读一本好书，就是和许多高尚的人谈话。"这句话告诉我们，读好书不但能够学到知识，更重要的是可以提升我们的精神和人格。雪莱说过："读书越多，越感到腹中空虚。"这句话告诉我们，书读得越多，见识越广，越能认识到自身的缺陷与不足。童年需要亲近好书，青少年时代需要阅读好书，读文史经典。人的一生，都应该与书为伴，接受书香的熏染，让美好的文字洗礼自己的灵魂。

回顾自己的读书之路，感受读书给我带来的无穷乐趣，我愿自己读到老，学到老，也写到老。

小时候的读书

　　我出生于乡村教师家庭，小时候，家里书不少。在很多同龄孩子不知道什么是课外书时，我已经享受了很多经典的营养。尤其是初一、初二时，我阅读了大量的中外名著和当时国内最有名的文学作品。

　　有几件事我至今还记得。一件是读四大名著。记不清楚，到底是什么时候我们家里有《水浒》《红楼梦》《西游记》和《三国演义》的，好像是小学三年级时。有一天，我翻家里的衣柜，发现最底层叠放着的棉衣下面有几本厚厚的书。我很好奇，就拿出来翻看，原来是《三国演义》和《水浒》等。当时，很怕爸爸妈妈知道会批评我，就偷偷地拿出了一本《水浒》，看得很入迷，里面的好汉打打杀杀，酒量都很大，虽然很暴力，但行侠仗义，心里很佩服，觉得小说里的好汉武功那么高强，真厉害，是英雄。读完《水浒》后，我又去衣柜里翻出了《西游记》，这是最吸引我的小说，孙悟空、猪八戒的形象非常活泼，也很风趣，他们历险的经历满足了我的好奇心。后来，我特别喜欢买《西游记连环画》也与喜欢《西游记》有关。读《三国演义》的感受，我有些记不太清楚了，好像觉得没有前面两本那么有趣。不过，《红楼梦》读起来真是半懂不懂，不知道这些人在大观园干吗？可能当时年龄太小，加上《红楼梦》里的诗词多，不能理解的词语也多吧。最主要的恐怕是《红楼梦》里的爱情，小小的我对此一点也没有兴趣。读四大名著是偷偷读的，不过，后来还是被爸爸妈妈发现了，他们没有生气，默许了我对课外书的兴趣。另一件事是读《三国志》，好像是初一。那时，爸爸调到另一个乡中学教书，我也跟着去了。不知道从哪里弄到了一本很旧的《三国志》，是繁体字，竖排的，要从后面往前面翻。我一下子被吸引住了，感觉比读《三国演义》还有味道。记得作业多，白天没有空闲时间读，晚上还要参加统一的自习课，我只有回家睡觉后，才能躲在蚊帐里读。因为爸爸要我按时睡觉，关了灯，我只能打着手电筒，在被窝里读完了《三国志》。读这本书，让我认识了很多繁体字，后来，很长一段时间，只要遇到了繁体字的旧书，我都能顺利读完、读懂。还有一件事，值得和大家分享。我读初中时，已经是"文化大革命"之后，进入"伤痕文学""反思文学"和"改革文学"的时期，国内各类文学期刊发行量都很大，而且社会上掀起了一股文学热，新华书店里的诗歌、散文、小说只要一到，很快就会卖光。爸爸妈妈给的零花钱，我都用来买书了。因此，新时期优秀作家王蒙、韩少功、刘心武和史铁生等的第一批文学作品，我几乎都读过，而且还保存过。《人民文学》《青年文学》和《诗刊》等，我都读过。外国的文学作品也读了很多。可以说，初一、初二时，疯狂读书，把当时能够读到的中外名著差不多都读完了，虽然不一定都理解，但那种对文学名著的狂热的爱，至今难以忘怀。有人老问我，是什么引领我走上了文学道路。我想可能小学和初中的阅读才是我文学的启蒙和引路吧。

有人问我，读书有什么方法。回忆自己的童年和少年，我只能说，那时候读书真的没有什么方法，就是很喜爱读，读了很多，甚至很多是囫囵吞枣；但读书是一种潜移默化的熏陶，文字养心，文字也启智。读得多，自然对文字感悟深，理解力也强一些。所以，读书是一件当时看不见效果，但越往后越觉得很有力量很有用的事。

小时候读书，也不可能讲究什么方法。那时候，生活在乡村里，爸爸妈妈忙忙碌碌的，家里孩子多，根本不可能像今天那样照管孩子。他们无法指导我和弟弟们读书。因此，我几乎是遇到什么书，就读什么书。幸运的是，我一开始读书，读的就是名著；一开始爱上读书，就是因为名著。而且，我的读书是自发的，不是被爸爸妈妈逼迫的，也没有其他老师和长辈给我做什么推荐和指导。这反而锻炼了我的自觉性和判断力。

现在书很多，购书也容易。网络书店，一点鼠标就可以完成选购。足不出户，就能了解书市书情，选择面也宽了很多。但很多孩子读书，都不是自愿自觉的，而且他们一开始读书，就被流行的快餐读物给吸引了，等到有了判断力，想读名著的时候，已经没有了读书的心境。这是很可惜的。

小时候读书，无法估量它的重要。但爱读书，读好书，童年一定快乐，少年一定烂漫，人生一定丰满。

我的读书方法

  常有读者问我有什么读书方法，其实，每个人都有自己的读书方法，只要爱读书，肯定会找到自己的方法的。就像一个人爱烧菜，他一定会琢磨出自己的配菜、选材、烹饪的方法，并做出几套拿手的好菜的。

  想一想，我的读书方法很简单。主要有两种：

  第一种，随读。这是一种很休闲的读法，但不是随意读。平常工作忙，没有完整的时间去读一本书，但因为养成了读书的习惯，每天不摸摸书，就有些难受。怎么办？那就随读。有一点时间，就拿一本书翻一翻，或者读一些短篇作品集，或者浏览一些长篇。我经常出去做讲座或者参加会议，会在机场候机，那么，这一段时间也可以好好利用来读书。所以，我一般会随身带几本自己觉得有必要读一读的书，在候机时读一读，或者在飞机上读一读。有时候，一些朋友约着见面聊天、喝茶或者喝咖啡，在等人的时候，也可以拿出随身带的书读一读。对学生来说，假期走亲访友或者旅游的路上，也可以带两本书，有空就读一读，也会有收获的。

  第二种，细读。这是我用得最多的读法。市面上流行的书，我是很少细读的，但一旦发现有好的经典名著或者学术著作，就会想办法买来一本，然后，关上书房的门，认认真真地读几遍。有时候，一边读，一边还要在书上做标记，或者在书的空白处写出自己的看法。有时候，一些作家出了新书，希望我写个评论，他们把新书快递给我，我会先翻一翻书，如果觉得很不错，就会认真读一两遍，甚至三遍，然后写一篇评论。家里书柜里有几百本西方的文艺理论著作，我读得最仔细，有的已经读了好几遍，书上满是标记和随感。做这些标记很有用，写论文的时候，一翻书，就可以从中找到自己想引用的观点。我的学术研究，都得益于对中外优秀理论著作的细读。当然，我的儿童文学创作也与儿童文学经典的细读有关。

对我而言，随读更多的是一种态度、一种习惯；细读，则是一种寄托、一种追求。随读是丰富生活，是一种高雅的情趣；细读则是对智慧的探索，是一种严肃的寻找。

有些人读书，读一读作者或者书的简介，翻翻目录，再在网上浏览一下相关的资料和信息，就会写出长篇书评来，这是令人惊叹的。我不欣赏这种对书的态度。写评论和做研究，一定要认真细读所评、所研究的文本。当然，并不是每个人都想做学问，都想去搞创作，因此，随读未尝不是一种方法。

我希望青春年少时，还是要尽可能地多细读，尤其是细读几本经典，那一定是一辈子的精神财富！

不做藏书家

在新浪微博上看到有人介绍南京作家薛冰的书房，他藏了两万多册书，有一个很大的书房。薛冰应该算是藏书家了，但他说，自己不是藏书家，买书只为了写作。

我也藏了很多书，家里大书架就有五排，还有好几个小书架。藏书最多时，也有一万多册。其中，外国文艺理论和儿童文学研究著作分别有1000多册，各地诗人的儿童诗集也收藏了1000多册，算是一个资料库了。去年，又陆续购进了几百册诺贝尔文学奖获奖作品，大多为精装书，也可以单列一个书架了。

但我和薛冰一样，买书只是为了读书，为了写作。

第一次买书，记不清具体时间了。大概是小学三四年级的时候，父亲给了一些零花钱，我到镇上的新华书店里，一下子买了泰戈尔、艾青和冰心等几位诗人的诗集、散文集。后来读了初中、高中，父亲给的零花钱多了，就开始买王蒙、韩少功、刘心武等当代作家的获奖作品集和一些外国文学图书。渐渐地，家里藏了上千册书。大学毕业后，经济上独立了，买书很自主方便了，而且我迷恋诗歌，就买了很多中外诗歌著作，包括一些诗论集。十多年前来北京读书，行李很简单，但带了十二箱书。

在北京定居后，又购买收藏了很多文学作品集。刚开始时，家里是三个大书架，后来又添了两个大书架，之后，又买了书架，但还是不够放，有的只好堆放着。我的藏书大部分是自己购买的，而且是名家新作多，名著多。不过，出版社赠送的新书也不少，通常我会挑一些翻一翻，读一读，大部分打包送给了几所小学。不然的话，家里根本没地方存书，毕竟房子的面积有限，存书多了，别的地方就太小了。家里拥挤不堪，也不是好的读书的环境。

我很佩服那些藏书家，喜欢淘书，以购买旧书为乐事；但我不爱做藏书家，觉得也没有必要。人生短暂，该读的书，多读一些。很多好书，读一读，就是养养心，就是满足一下好奇心，然后也顺便来点文字休闲。说实在话，家里藏一些好书，除了利于自己阅读和写作外，也希望书香气息能够熏染孩子，就这么点想法；但要是把成千上万册书藏下来，留给子孙后代，我倒没有想那么多。古代人藏书特别有价值，是因为那时候书没有大量印刷，也没有公共图书馆，所以私家收藏对文化传承有不可替代的价值和意义。现代社会，公共图书馆多了，而且书籍印刷量大，名著名篇易得，私家藏书意义就小多了，差不多只是自娱自乐。另外，时代会变，以后的书籍形式可能也会变，甚至将来人类并不需要读今天这种图书，也许一种新的图书会把经典浓缩在很小的空间。所以，与其藏很多书，不如让好书为更多人阅读和欣赏。

当然，藏书是一种爱好，也是雅事。每人都有过自己生活的权利和方式，不必强求别人和自己一样，但读一本好书的美妙享受才是实实在在的。因此，更多的时候，我更愿意安安静静地读一本诗或读一本小说，然后，心有所动，写点属于自己的文字。

可能受我的影响，或者受家庭环境的影响，女儿也爱读书，小小年纪就读了上千册中外文学经典。我对女儿说："家里的书不是摆设，认真读几本好书，会受益终生的。"到一些小学做读书与写作的讲座时，我也会对孩子们说："认真读课本，只能算是一个听话的学生；认真读了课本，还能读些好的课外书，尤其是读些经典，就是一个不错的读者。认真读了课本，还读了很多经典，善于思考，会审美，有修养，也会写作，那就算是一个读书人。"做个读书人，不是一件易事，需要长期坚持阅读，需要真正理解很多名著，把书的世界与现实世界结合起来。

当然，藏书家不一定都是真正的读书人。有些藏书家是读书人，有些藏书家只能算是读者。

书的气息

书有自己的气息，就像一朵花，有自己的芬芳；就像一个人，有自己的体香。

书的气息不是用鼻子就闻得出来的，书的气息隐藏在文字里。如果你认真读书，你会闻到书的气息；它隐藏在标点符号里，隐藏在优美的句子里，隐藏在逻辑缜密的思辨里，隐藏在生动的情节里，隐藏在丰富的幻想里，隐藏在令人惊奇的结局里。

会读书的人，能够闻到书的气息；会写书的人，更能闻到书的气息。如果你拿着书、你抱着书，书的气息会让你更加容光焕发，更有气质。如果你坐在书房里安静地读着书，你嗅一嗅，你的家里弥漫着一种清新和文雅的气息，好像有谁洒了些清晨的露珠，好像带来了些青草的气息。

买一本好书，说明你有判断力；读一本好书，证明你有品位。如果你想做一个智慧的人，你就需要好书的陪伴，也需要好书的引领。好书，会让你有一股书香气息。

有了书香气息，你一定是一位了不起的读书人。

做一个读书人

到一所小学做讲座，给孩子们讲我的童年的故事，也谈读书的体会，我给孩子讲了一段这样的话：

"如果你只是认真读了课本，会做练习题，你只能算是一个听话的学生；如果你除了认真读课本，还读了一些好书，你就可以说是一位不错的读者；但如果你认真读了课本，还读了很多优秀的课外书，尤其是读了很多文学经典，你就会成为一位读书人。"

做一个好学生并不难，只要有好的学习生活习惯，认真听课，按时完成作业，主动和老师、同学交流，一般来说，学习成绩不会差。做一位读者也比较容易，读几本文史哲的书，并不需要花多少时间和精力，一般有了初中、高中水平就能读懂一般的文学书了。但做一个读书人，需要有大量的优秀书籍的阅读经验，而且要善于思考，有自己独特的文字感悟力和理解力，更有自己的文字创造力。真正的读书人，不只是读的好书多，更是会思考，也会审美，有教养。读书人，就是有教养的人，就是现代的文明人。

现在很多孩子，不爱读书，喜欢看电视，或者沉湎于网络游戏；还有的孩子，也爱读书，不过读的都是流行读物，有的只是迷恋卡通漫画。这些不是真正的读书，只是消遣。真正意义上的读书，是感受文字的奇妙，享受读书的快乐，是学会审美、修养性情、培育情操、提升品质。读流行读物，就像吃快餐食品。跟着流行书单读书的人，不会有高雅的阅读趣味，也很难培养会思考的大脑。

　　读书养心，读书怡人。好书是一扇窗，给你呈现一片蓝天；好书是一座桥，把你引到更新更美的文字世界；好书是一轮太阳，照亮童年的路。

小时候的三个梦想

　　有一次，到一所小学做写作讲座。讲完后，一位小朋友问我：
"谭叔叔，小时候你的梦想是什么？"听完这个提问，我没有立即回
答，而是问来听讲座的小朋友："小朋友们，你们能猜出我小时候的
梦想吗？"

　　我的话音刚落，马上就有好几个小朋友举手，站起来说：

　　"谭叔叔，您想做一个好学生！"

　　"您想当一位作家！"

　　"您想做科学家！"

　　"您想每次考试考第一名！"

　　孩子们说的话，让我想笑。看着他们一张张单纯的脸蛋，也觉得
十分有趣。等他们七嘴八舌说得差不多了，我拿起话筒，对他们说：
"孩子们，你们回答得很踊跃，而且说得都非常好。不过，很遗憾，
你们谁也没有猜出我小时候的梦想。"

　　接着，我笑着对他们说："告诉你们吧，我小时候有三个梦想：
一是想坐飞机，二是想坐轮船，三是想坐火车。"

　　孩子们一听完，有的笑起来，有的还发出了"啊"的一声，有
的摇着头……他们的表情都很丰富，很显然他们有些惊讶。于是，我
开始耐心地给他们讲述我小时候的一些经历，他们听得很认真，也很
着迷。我知道我小时候的三个梦想，对他们来说，就是他们的生活，

但我还是要让他们理解我的梦想。

我老家在湖南南部的小山村，小时候，上学条件差，生活条件也很差。上小学五年，我没有到过县城，最远的路是去了公社所在地，参加了两次作文比赛。到了初中，父亲被调到另一个公社的初中，我和姐姐跟着父亲去上学，在那里住了一年。后来，父亲又调回本乡，于是，我初中有两年就在本地入学，只是到了初三要考县一中时，我才去了一趟县城。记得那一次，正是夏天，很热，大学毕业已在农业局当干部的堂兄请我吃了一顿饭，公家的食堂里的一盘小炒肉，味道香得令我至今难忘。因为时间匆忙，那一次考完试我就回家了，都不知道县城是个什么样子。直到读高中，我才去过县里比较大的两个镇子和县城，并且开始了解县城的生活。

因为这种经历，那时候我最大的愿望就希望考上大学。如果考不上大学，就得待在村里当农民，或者到外面的城市去打工。我童年的伙伴，没有读初高中的，没有考上大学的，现在基本上都在家里务农，还有的长年在广东打工。辛勤的劳动使他们过早衰老，甚至有两个因为生活艰辛而过早患病去世。我很小的时候，夏天的夜晚，特别喜欢和弟弟一起数天上的星星，也特别喜欢看天上的飞机，每次看到天上的飞机，都会陷入遐想。那时候读课外书，知道乘坐轮船，可以在大海上航行、游览；也知道在城市和城市之间有火车，能很快地把人从一座城市载到另一座城市；飞机能把人从北京送到国外。童年的这种想象，就是做梦，乡村孩子做的梦。

可以说，我算是有慧心的孩子吧。读小学时我就知道，要想改变自己的命运，要想走出山村，去大城市里生活，去坐火车和轮船，去乘飞机，不努力学习考上大学，那是不可能的。于是，小小的我，就爱读书，小学三年级时就能读懂名著，学习比较刻苦努力，能认真听取老师和父母的叮嘱，而且善于从各种书本里找到快乐，学到人生的很多知识。上小学时，每次考试我都是第一名，村里上千户人家，几乎家家户户都知道我的名字，有不少老人见到我，都竖起拇指夸我长大后一定有出息。后来，我考上了初中，考上了高中，考上了大学，一步一步走了出来，终于离开了山村，在大城市里工作、生活，并且逐渐有了一些自己的成绩。

这些年，我在教书育人之余，从事文学创作、研究和翻译，出了很多书，也获得了国家最权威的文学大奖，作品还被翻译成多国文字在海外发表、出版，也多次应邀到国外做文学朗读、讲座，也算是文学界的名人了。无论是坐火车，还是坐轮船和乘飞机，都不用自己花钱了，但每次回望童年，都忘不了那时候的梦想，也忘不了那时候亲人的爱给了我鼓励，老师的教育给了我力量，我自己的感悟让我学会了思考。

我小时候的三个梦想，对今天的孩子们来说，不算什么。像我女儿，她很小就跟着我坐火车、坐轮船、乘飞机，到过很多地方和风景名胜，出门一般住的都是五星级宾馆，也品尝过世界各国的巧克力和美食。但对三四十年前的一个山村孩子来说，希望长大能坐火车、坐轮船和乘飞机，那是多么美好的梦想呀！

读书的快乐

　　读书是很快乐的。可能有些人看了，会觉得我说这话矫情。但对一个把读书当作日常生活一部分的人来说，享受读书之乐恐怕是再自然不过的事。

　　也不知道自己是从什么时候开始爱上读书的，因为童年的记忆已经不十分清晰，只记得读小学时，才认识没多少字，我就开始读家里收藏的《水浒》《西游记》《童年》《普希金诗选》等中外名著了，到了初中，我几乎接触到了当时能够在书店见到的所有世界名著。所以，我是很幸运的，小时候家里虽然清贫，但不缺少书香。有书陪伴的童年，别有一番滋味。

　　前些日，看到一则报道讲述以色列人爱读书的事迹，说以色列的家庭，差不多都要给孩子订阅报纸和刊物，父母也很愿意给孩子买书。小学时，我就能读到《儿童文学》《中国少年报》和《小溪流》等报刊，它们对我的影响也很大。现在想一想，要是童年时没读到那些书报杂志，今天会是什么样子呢？这个月，《儿童文学》杂志邀请我到山东邹城两所小学做了一天的讲座，就有学生问过我这样的问题。我自己也难以给出答案，但有一点是可以肯定的，童年的阅读给了我莫大的快乐，给了我想象的翅膀。

　　说起我的人生指路人，当然最早就是我的父母。父亲是一位普通的中学老师，他教数学，虽然从来没有指导我做过一道数学题，但他勤劳、诚实，对我读课外书并不反对。母亲是一位农民，她曾经在长沙工作，也做过乡村卫生员。辛苦的劳动并没有让她对读书失去信心，她希望我努力读书，走出贫困、闭塞的乡村，母亲朴素的期待一直是我前进的力量。还有我的大姨父，他是一位小学校长，很支持孩子读课外书，所以我很早就能和表哥一起欣赏他家订阅的书报杂志。后来，我努力学习，克服困难，终于考上了大学，读到博士，也做了博士后研究，在京城也算有了名气，取得了一些成绩，也算是回报了父母和大姨父。

读书很快乐，不只是因为它改变了我的命运。最主要的是，读书让我的视野得到了开阔，精神世界有了很大的提升，也让我认识了很多朋友，遇到了很多老师。

记得小时候，刚刚走进书籍世界时，总是怀着些好奇，或者带着猎奇的心理。那时候读名著，更多是读故事，感受情节，把作品里的生活趣味看成是最好的。后来，书读得多了，慢慢地很迷恋文字，尤其是对那些优美的文字充满着敬畏，甚至也产生了创作美妙的文字世界的欲望和冲动。所以，中学时我就开始模仿一些名家，写点小诗、小散文，甚至也开始编些故事。那时候虽然很幼稚，但的确是对文学怀着憧憬和向往的，也很崇拜那些优秀的作家。

到了大学，书读多了，也写得多了一些，忽然发现，自己也可以发表作品了，而且自己的名字也可以和一些过去在书本里才能见到的作家、诗人的名字列在一起了。那时候，读书的乐趣又更多了一点，读书的动力也更大了。最值得说的是，青春期时，是读书让我走出了孤独，走出了困惑，走出了迷惘。那时候，上了大学，包分配，很多同学只要"60分万岁"，并没有清晰的学习目标，甚至无所适从；但爱上读书的我，从文字里找到了方向、找到了美。每当坐在图书馆里翻阅着各种文学期刊和各国文学名著，我觉得心里特别充实，对前途也充满了信心。后来，大学毕业，我工作很顺利，而且也一直在努力坚持读书和写作。那是一段难忘的写诗岁月，是青春最闪亮的年华。

当然，从大学校园走进社会，也遇到了很多困难，甚至遇到了很多挫折，受到了很多打击；但每当心里有些颓丧甚至悲观时，总是一本本好书激励了我，引领了我，让我变得宽容，变得更有韧性。

再后来，因为读了不少书，写了不少作品，渐渐地进入了文学圈，得到了很多读者的认可，我也交了不少朋友，认识了很多良师。记得在我最初写作时，就有幸得到了"七月派"老诗人曾卓的鼓励，他给我写过信，寄过书。著名诗人李瑛也给我写过信，寄过书，鼓励过我的写作。还有柯岩前辈，曾经给予过我长者的关怀。在京城里学习、工作，遭遇到了很多困难和挫折；但此时我的心灵已经非常柔软，任何磨难都难以把我击倒。

现在，我自己编的书、译的书、写的书已经足以装满一个大书架，也算是一个著作等身的人了，但读书依然是我生活中最重要的部分。没有什么昂贵的物质能替代一本好书，读书本身就是我生活中最大的快乐。

在飞机上读书

这些年，因为经常乘飞机外出讲座、开会或旅行，所以养成了在飞机上读书的习惯。

在飞机上读书，主要是为了消遣，有时候也是利用一点空闲时间为写文章做点准备。比如说，经常会接到一些诗人、作家的来信和来电，希望给写个序言或者参加他们的作品研讨会，时间很紧，怎么办？飞机上的一两个小时就可以充分利用起来，读读作品，一下飞机，就可以动手写出篇序言或短评来，或者在研讨会上谈一些自己的看法。有时候，买到一本好书，读了一半，但又要出门，怎么办？拿起来塞到手提包里，坐在飞机上，可以接着读完。还有的时候，开完会，收到了一些别人的赠书，于是，在返家的飞机上，就拿出来翻一翻，粗读一下，以确定回家后是否值得精读。

在国内参加活动，乘飞机顶多也就三个多小时，但这三个小时利用得好，也能读不少书。乘航程短的飞机，一般不太适合读学术著作，所以每次去青岛或大连等城市做讲座，我都会带一本诗集或小散文集，那样读起来不费劲，也不太累；而去哈尔滨、南宁或者广州等城市开会或做讲座，除了带一本诗集或小说集，我还会带一本学术书。现在想来，《哈贝马斯访谈录》、卢卡契的《小说理论》和南帆的《双重视域》等学术书，我都是在飞机上读完第一遍的；莫言的《碎语文学》《白棉花》和《蛙》也是在飞机上读完的。可能有人会说，旅途中行色匆匆，好像不太容易集中注意力。其实，只要保持心灵安静，还是可以读进去的。不过，好的书，要多读，因此飞机上读一遍后，再坐在书房里认真读一遍，效果会更好。

记得 2007 年 10 月，我受中国作家协会派遣，和蒙古族诗人查干老师一起去波兰参加华沙国际诗歌节。那是我第一次出国，而中国到波兰当时没有直航，因此飞机从北京先到法兰克福，然后转机去华沙，一路上，整整 16 个小时。那一次，在飞机上，我读完了波兰诗人米沃什的《米沃什词典》，还读完了从网上淘来的《波兰童话》。2009 年 4 月，我受中国作家协会和新闻出版总署的派遣，和青年女作家戴来去德国五座城市做文学朗读和演讲。那一次，在北京到法兰克福的航班上，我重读了歌德的诗、《荷尔德林诗选》。返回北京时，我读了席勒的诗和海涅的诗，也读了戴来的小说集《鱼说》。2010 年 8 月，我应韩国诗人、《原野之花》主编文昌吉的邀请，去韩国参加诗歌研讨会，做几场讲座，虽然飞机上只有一个多小时，但也读完了尼泊尔作家协会主席访问中国时送给我的英语小说集。从首尔回京的航班上，我读了给我做翻译的延边朝鲜族诗人石华的诗集。

说实在话，我经常乘飞机，但发现国内的旅客一般很少在机场或飞机上读书。有一次回老家，在北京到长沙的航班上，发现周围的乘客都在打呼噜、看电脑视频或玩电子游戏，只有一位外国乘客拿着一本书在读，她读的是一本英语小说选。现在，国内很多人一出门，尤其是一乘飞机，好像都喜欢带个笔记本电脑，或者拿个 iPad，看电影或者听音乐，极少有人会拿出一本书来认真读。倒是很多外国乘客有读书的习惯。最近，有媒体报道，说国内现在青少年大多数是"低头一族"，即很多年轻人走路都在玩手机，发短信、玩微博或微信，但读书的人越来越少。这真的令人担忧。相信外国人也会受到电子媒介的影响，但我在飞机上看到的情形，让我无法对国内的阅读状况乐观。

飞机上虽然不是读书的最佳场所，但如果不是很疲惫，何不利用起来读读书呢？"书籍是人类进步的阶梯。""书读百遍，其义自见。"
"不读书的人，思想就会停止。""书籍是最有耐心、最能忍耐和最令
人愉快的伙伴。在任何艰难困苦的时刻，它都不会抛弃你。"关于读
书的益处，有很多格言。前人总是以读书的经验提醒我们，启迪
我们。

　　飞机上读书，也能领悟很多好的东西。旅途上有书陪伴，也是一
种享受。当身体的休息和心灵的休息有机结合时，那才是真正的休
息。因此，出门旅行带几本好书，享受一种真正的文字之旅，那样的
话，一定会有不一样的感觉。

守望一本书

有一次应邀到北师大贵阳附小给老师们做讲座，我讲的题目是《守望教育，就是守望一本书》。

为什么我会用这样的题目？我是有自己的理由的。

学校是个读书的地方。办学校，不是让孩子来玩的，而是让孩子来读书的。小时候在农村里，家长把孩子送到学校，总会叮咛一句："孩子，爸爸妈妈让你上学，就是想让你读几本书，认几个字，不要做目不识丁的人。"真正的学校，除了让学生读课本，学书本知识，还要把学生领进阅读的殿堂，让学生爱上读书，愿意读更多的好书，老师们要做阅读的引领者。

学校的确是个读书的地方。学校里的几乎每一门课程都是以书籍为基础的。无论语文、数学、英语，还是科技、音乐、体育和美术，每一门课程都有教材，都要在老师的引领下，通过读几本书来传递学科知识。学校里的不同年级的设置，也是以不同年龄需要读什么书、学什么知识为依据的。学校里，课堂是激发学生能力、培养学生阅读兴趣的重要一环。图书馆和校园文化活动，也要起到引领阅读的作用，尤其是图书馆，应该成为孩子们最爱去的地方。因此，办好一所学校，最重要的是要营造良好的阅读文化氛围，让学校变成书香校园。如果我们的孩子进了中小学读了十二年书，不爱读书，不会读书，也读不到好书，那么，中小学教育差不多就失败了。

家庭也是如此。中国有句俗话："三岁看大，七岁看老。"说明一个孩子的好习惯、好行为乃至人格精神，在入学之前，就打了底子。因此，家庭教育不可忽视。很多家长都喜欢把孩子教育的责任推给老师，把孩子成长的希望寄托在学校和老师身上，这完全是错误的认识。家庭和学校是两个不同的环境，孩子们的成长既需要家长用心用力，又需要老师用心用力。再好的学校和老师也无法取代家庭和父母。家庭教育里，很重要的一环，就是营造书香家庭，为孩子提供良好的阅读空间，让孩子们从小爱读书，读到好书，会读好书。所以亲子阅读是值得关注的，尤其是年轻的父母更要做好亲子阅读，在孩子幼小的心田里播下阅读的种子。

当然，读书本身是有价值的。"书籍是人类进步的阶梯。""读一本好书，就是和一个高尚的人谈话。""一本好书，就是一轮太阳。"这些话都是在描述书的价值，都是在告诉人们读书的好处。书的迷人之处，在于它用文字描述了世界的生动图景，记录了人类几千年的智慧，传播了人类的情感和思想，把信息、知识和价值一代一代地传递下来。读书还有一个好处，就是可以便捷地通过书籍认识世界和人生。人的时间、精力和金钱是有限的，不可能什么都亲身经历、体验和实践，学习间接经验就靠读书，所以读书成了最有效率地了解世界和人生的方式。人的自我教育主要通过读书来完成。读书不但学知识，还长见识、智慧，也提升人的品格和精神。

无论是学校教育、家庭教育，还是自我教育，都离不开书，都离不开阅读。因此，爱上阅读、会读书、读好书，是非常重要的。

可以说，守望教育，就是守望一本书。守望一本书，是文明人的行为，也是文明的追求。守望一本书，是对文字世界的迷恋，更是对文字世界的敬畏。

守望一本书，就守望了自己，守望了美好，守望了希望。

亲近美好的文字

读书和写作是分不开的。爱读书、读好书的人，一般来说，都有比较好的写作能力；而会写的人，一定是爱读书且读了不少书的人，不然的话，怎么会写得好呢？

现在小学语文课，老师很强调作文能力。但读课文能不能快速提高作文水平呢？显然是不可能的。因为语文课文主要是老师讲课用的语言材料，但具体到学习记叙文、议论文和说明文，要写好各类文体，还是要多读书。比如说，读童话、读故事、读小说，就很容易提高叙述能力。怎么把一件事说清楚，怎么把一个人物描述得形象一些，这些都是写人记事作文的基本功夫，因此读故事类文章，就很容易有效果。比如说，读了好的书，思考思考，谈谈感受，这很容易锻炼自己阐述观点的能力。所以多读书、做笔记、写读后感，是很容易引领你写好议论文的。很多人抱怨写作很难学，其实读得多，就不会有这种感觉，而且聪明的人会举一反三，由不同的文章学习到不同的技巧，从而解决写作中出现的各种问题。

我喜爱写作，和我的阅读有很大关系。小时候，我就爱读书，而且读了很多文学作品，所以很小就喜欢语文，不害怕作文。上了大学，我就尝试文学创作，于是一篇一篇的诗歌、散文、童话等作品就发表了，一本一本的创作和理论的书就写出来了。这也可以说，兴趣是最好的老师吧。兴趣是自己培养起来的，不是天生的。多读书才可能培养起对写作的兴趣。

我一直觉得文字世界是很美妙的，也是很有魔力的。我们的祖先为什么要创造语言文字，要让我们读书？还不是因为文字最能清晰地传达人类的智慧，最能形象生动地描绘人类的梦想吗！各门科学类著作，能够让我们学习人类积累的知识；各种文学作品，能够让我们领略人类奇妙的想象和梦想。读书、写作，亲近文字世界，能学会审美，也能了解社会、人生，当然也能培育情感、感受乐趣。

那些给孩子写作的作家、诗人，无论中外，我都很敬重。他们用爱心和智慧建造的美丽文字城堡，让我感动，让我受益，让我也开始模仿。于是，我也走进了这个世界，我也和他们一起，写出我对孩子的爱，写出我对童心世界的敬意，写出我的想象和梦想。

给孩子写作是很有意义的，不仅仅因为孩子是最容易受到文字感染的，也因为孩子是最智慧的。他们懂得文字的价值，懂得如何去实现自我的成长，懂得如何去塑造自我，张扬自己的个性。

我留恋童年，热爱孩子，也愿意和每一位小读者交朋友！

《飞天》杂志和我

姜红伟兄发来短信，还在我的博客里留言，告诉我，他在编一本《飞天》杂志"大学生诗苑"的书，要我也写一篇。他知道，我也是在《飞天》的"大学生诗苑"发表作品之后，渐渐走上诗坛的。

"大学生诗苑"是一个特别的栏目，也是全国综合性文学期刊里专门为大学生设立的诗歌栏目，从这个栏目里走出了很多校园诗人，他们中很多人后来都成了诗歌创作的中坚力量，有的从这里起步，开始了文学创作和研究之旅。我认识并认真阅读过他们的作品的诗人中，叶延滨、王家新、于坚、林雪、洪烛等就是最早在那里发表作品的。还有很多人在那里发表处女诗，后来做了专家和学者，如现在中国人民大学任教的程光炜，他既是诗评家，也是研究当代文学的学者，我的诗歌评论就直接受益于他的见解。还有王珂、张莉、赵思运等近几年比较活跃的青年学者、诗评家，也在那里发表过习作。我在"大学生诗苑"发表的作品不多，但它对我的鼓励，是难以忘怀的。

记得我在《飞天》杂志 1993 年 11 期发表的第一首诗，题为《舞夜的声音》。大二时的一天晚上，我参加我们外语系学生会举办的舞会后，回到宿舍，想起跳舞时的情景，很有感触，就写了这首短诗。我把它连同其他几首诗抄写在方格稿纸上，投给了《飞天》杂志诗歌编辑。当时不知道谁是诗歌栏目的编辑，就在信封上写了"诗歌编辑老师收"的字样。过了好几个月，我收到了《飞天》杂志的样刊，翻开一看，自己的诗赫然在目，记得好像我用的是笔名"梁木"，而且标上了"淮煤师院外语系"的名称。信封里有一笺信函，上面的钢笔字工整隽朗，很有力度，署名为李云鹏。原来，主编亲自给我写了信，鼓励我好好写，多给《飞天》杂志投稿。那一次开始，我注意了"大学生诗苑"，也和李云鹏老师结下了师生之缘。后来，我每隔一段时间，就把习作寄给李云鹏老师，每次他都认真回复，好几次还把我的信和他的回复摘发在"读者来信"栏目里，让我备感温暖，备受鼓舞。自然，这些样刊，我都一直保留着；但让我痛惜的是，五年前第五次搬家时，丢失了一箱书，其中就包括了《飞天》杂志的样刊。

现在，我记不清在《飞天》杂志发表作品的具体次数了，但"大学生诗苑"好像发表过四五次。有两次是组诗，还有一组诗《一滴雨落下来》是我在北师大读研究生时发表的，大概是 2003 年第 7 期，国内有几个新诗选本，都选了这组诗。有一次，在华东冶金学院教书时，我把自己辅导的"听潮诗社"的成员艾浪滔、张德华等学生的作品寄给李云鹏老师，他在"大学生诗苑"里专题刊发。这可是很不得了的，一所普通的工科大学竟然有好几位学生在《飞天》杂志发表诗作，引起了校园诗歌爱好者的热烈反响，一时，好多学生跟着我写诗，"听潮诗社"也成了校园名社。大学毕业工作后，我有幸在《飞天》杂志的"青年诗坛"栏目里发表过几组诗，责任编辑是李老乡，他不太写编辑来信，但给我寄过两次节日贺卡，让我很感动。

十年前，第五次全国作家代表大会在北京召开，陕西儿童文学作家李凤杰、王宜振老师带我去拜访贾平凹老师和陈忠实老师。我出版的第一本文学评论专著，是关于李凤杰儿童文学创作的，陈忠实老师写了六千多字的序言呢。当时，在李凤杰老师房间翻开代表名录，得知李云鹏、李老乡两位老师正好是甘肃团的代表，也住在北京饭店，于是，利用午餐的机会，我见到了两位老师，简单地说了几句话，握了握手，虽然时间很短，但一见如故。李云鹏老师高大挺拔，性格豪爽，颇有西北汉子的气概；李老乡老师，个子不高，留长发，平易近人，神采奕奕。

2010 年，《飞天》杂志创刊 60 年之际，马青山老师主编了它的 60 年典藏版，由甘肃文化出版社出版，其中的"大学生诗苑卷"里，收入了我的《一滴雨落下》等三首诗，算是被选用作品比较多的几位作者之一。每一个省级文联、作家协会都主办了一份文学刊物，但能够专门关注大学生诗歌创作、长期开设"大学生诗苑"这样的栏目的刊物仅有《飞天》杂志一家，这也是值得注意的出版现象。应该说，《飞天》杂志推动了校园文学的发展，对当代新诗的发展做出了不可磨灭的贡献，它是真正具有人文关怀的文学期刊。

近两年，我虽然还在写诗，但几乎没再给《飞天》杂志投过稿了，对《飞天》杂志的信息，还是很关注。李云鹏、李老乡两位老师都退休好几年了，希望他们退休生活健康幸福；也希望《飞天》杂志越办越好，希望现任的编辑老师生活快乐。

生命里一直有诗伴随

前些日子，诗人姜红伟编一本纪念《飞天》杂志"大学生诗苑"的书，约我写一篇文章。我当即就写了一篇《〈飞天〉杂志和我》的随笔，并交给《新华书目报》刊登。《飞天》曾经多次刊登我的诗作，回忆在"大学生诗苑"发表作品，也让我想到了大学时代，想到了少年、青春时写诗的经历。

一般诗人都是少年时就公开发表作品，我正式发表诗作，是大学一年级时，因此算是出道比较晚的。童年时读了不少书，也初步接触了一些经典文学作品，有机会阅读过《儿童文学》和《青年文学》等多种文学刊物，尝试过一些小诗，但因为没有人指导，只能是做文学梦。

考进大学，在淮北煤炭师范学院外语系读书，没有了高考的负担，课业之余疯狂地读诗，也尝试着写诗。正好那时候，遇到了张秉政老师，他是校报的编辑，是一位诗人，在《诗刊》《诗歌报》和《星星》都发表过诗作。他常鼓励我，于是，我开始向外面的报刊投稿。那时候，写得很幼稚，刚开始不敢往大报大刊投，就把习作寄给《淮北日报》和《淮北矿工报》，很快就得到了编辑老师的鼓励，并常有小诗、散文诗发表。后来，我开始给《中国煤炭报》副刊投稿。刘庆邦、邓万鹏老师当时正负责副刊。没想到，我的诗、评论和小说都受到了扶持，一时引起了学校领导和老师的关注。那时候，煤炭部还在，我读书的大学是煤炭系统唯一的师范大学，还是很受重视的；而且各地矿务局都属于兄弟单位，煤炭系统还有自己的文学组织，孙友田就是煤炭文学界很有名的作家，能够在煤炭系统最权威的报纸发表作品，是很不容易的。记得有一次去淮北矿务局参加一个文学活动，矿上不少写诗的、写小说的，都知道了我的名字。

很幸运，第一次在纯文学刊物发表诗作，就是在《飞天》杂志。大二的第一个学期，我在图书馆里翻阅各种文学期刊时，发现《飞天》开设了一个"大学生诗苑"的栏目，也想试一试，就把自己的短诗抄了几首寄给编辑部。没想到过了半年多，就发表了，给我回信的是主编李云鹏老师。再后来，我就渐渐地拓宽了视野，写得越来越好，先后在《诗歌月报》《星星》《清明》《黄河诗报》《青春诗歌》《散文诗》《安徽文学》《福建文学》《诗潮》《诗刊》《词刊》《中华诗词》和《人民日报》《光明日报》等几百家报刊发表了诗作和诗评，还有一些诗歌选本也收录了我的诗作。虽然我很少参加诗歌界的活动，但一般写诗的也大都认识我、尊敬我。

我的写诗的经历，其实也是读诗的经历。童年时，就读艾青、冰心、雷抒雁等诗人的作品；少年时，读了北岛、舒婷、王小妮、顾城等很多朦胧诗人的作品；大学时代，莎士比亚、弥尔顿、华兹华斯、惠特曼和狄金森等欧美诗歌佳作，只要在图书馆可以发现的，我都要想办法借过来拜读，尤其是欧洲启蒙主义时期和浪漫主义时期的诗，对我的影响很大。大学毕业后，因为教大学英语，工作量大，批改作业多，忙不过来，但我也挤出时间读书、写诗。单身宿舍条件差，冬天也没有暖气，读各种优秀诗人的作品却成了我睡前的必修课。诺贝尔文学奖获奖作家的作品，从普吕多姆、夸西莫多、聂鲁达到米斯特拉尔，一个接着一个地读，受益匪浅。《与大师对话》系列30多首，就是那时候写的。很感谢《青春诗歌》主编梁谢成老师和《诗歌月刊》王明韵兄，还有《飞天》的李老乡、辛晓玲等老师，他们都不吝版面刊登我的组诗，给予了我无私的帮助和鼓励。

在写诗之路上有一些收获，也是因为遇到了很多好老师、好朋友。大学初学写诗时，张秉政老师的指点，这里就不说了，我在《教师博览》杂志写了专文回忆过他对我的教导。《淮北日报》和《淮北矿工报》的编辑，还有《皖江晚报》和《马鞍山日报》的编辑，也给予了我无私的鼓励和支持。现在我虽然不在安徽学习、工作了，但常想念那里的老师和朋友。一直记得那时候，淮北相山脚下《淮北日报》和《淮北矿工报》那两栋报社大楼，记得张福致、王晓明、傅康、王健、林敏、魏平、徐芳、丁雁如等老师的名字，也一直记得佳山之麓那栋《马鞍山日报》和《皖江晚报》报社大楼，记得陈峰、曹化根等老师的名字。工作以后，我一边写诗，一边向一些诗人和诗歌理论家求教，都得到了他们的热情回应。如"七月派"诗人曾卓，延安时期的诗人贺敬之，还有柯岩、李瑛、木斧、马瑞麟和流沙河等前辈，都在百忙之中给我写过信，寄过诗集，鼓励过我。著名诗歌理论家吕进、孙绍振、吴思敬和马德俊等都热情指导过我，送过我论著，让我对诗歌理论有了更多的认识。记得马德俊老师当时还在信里说，要推荐我去中国人民大学读研究生呢，可惜后来，我走的路与他的期待相差甚远。吴思敬老师主编《诗探索》，几次向我约稿。这些年，一边从事儿童文学创作和研究，一边写诗并做点诗歌评论，也得益于他们的鼓励。

我的写诗经历里，还有一部分是很值得自我炫耀的，那就是我发表了不少童诗，也出版了6本童诗，而且很受小读者欢迎。现在新诗界很少会有人给孩子写诗，所以这也算是"脚踏两只船"吧。第一次发表童诗是在1995年，在《小溪流》杂志发了三首小诗。后来，开始在《早期教育》《幼儿教育》和《学前教育》上发表一些幼儿诗和儿歌。渐渐地，我摸着了门道，开始给《儿童文学》《少年文艺》等刊物投稿，没想到一发不可收拾，短短几年，不但获得了《少年文艺》和《儿童文学》两份杂志的优秀作品奖，还得到了儿童文学界关注。今年冬天，明天出版社出版了我的第七本童诗集，我在微博上写的一些小童诗也在《少年文艺》发表。写童诗，比起写别的诗，语言储备好像要更多，内心好像要更纯净。很多写新诗的，看不起童诗，认为它是小儿科，但真正要写起来，可不是一件容易的事。过去，很多大诗人都尝试写过童诗，但都没有坚持下来，也和童诗的难写有关。

应邀到各地学校做讲座，发现小读者很难接触到诗，而且不少语文老师不会讲诗歌，也不太给孩子们推荐童诗，校园里诗教空缺，这是值得忧虑的。爱读诗，善读诗，是一种素养。小学生多读诗，是一种很好的语言训练，也是一种很好的审美熏陶。社会流行什么，就去追捧什么，是一种文化不成熟的表现。一个书店里充斥着消遣小说的国度，离文明还差着很远的距离。多年写诗、读诗的经验告诉我，诗歌不仅仅是最高的语言艺术，也是最能够反映一个人内心真诚度的文学形式。

参加一些社会活动，包括一些文学活动，一些诗人很害怕别人介绍他为诗人，我一点也不反感，反而乐于做一个诗人。我总觉得，称我为作家或评论家，还不如称我为诗人。读诗、写诗，本来就是我生活不可或缺的部分，无论童年，还是今天迈入中年的门槛，诗一直陪伴着我，一直给我莫大的快乐和安慰。我庆幸自己从小遇到了诗神，也庆幸自己一直没有被诗神所抛弃，反而为诗神钟情和厚爱！

你像我心里那一盏灯

2012 年冬天，我在微博上告诉了我的粉丝，《儿童文学》杂志今年就到 50 岁了，很多人马上跟帖，表示祝贺。和我年龄相当的人里，一些人就说，小时候爱读《儿童文学》。

前几天，冯臻约我为《儿童文学》50 年大庆写一篇文章。于是，我翻开自己的散文集《翻开春天这本书》和随笔集《我的书生活》，发现自己凡是回忆童年的文章，凡是谈自己创作之路的文章，差不多都提到了小时候《儿童文学》给我的温暖启示。我和《儿童文学》结缘也有三十多年了。童年时，家里有幸订阅了这份刊物，让我知道了世界上还有一些人为孩子写作。我喜爱读诗、写诗，后来又渐渐专心写儿童文学，并做儿童文学研究，是和童年的经验有关的。假如童年没有接触《儿童文学》，也许后来的路又是另外一个样子。所以，每当一些学校邀请我做讲座，孩子们问我为何会做作家，小时候是不是很爱写作等问题时，我总会讲起那时候和表哥、表弟读《儿童文学》杂志和《中国少年报》的事来。想想看，那时候一个乡村孩子，连肉都吃不上，却能读到这么好的报刊，会是怎样一种感受！

"童年的阅读奠定一生"这句话差不多成了常识，相信一般的读者，尤其是成年人都有这个体验。

这两年，我在《儿童文学》杂志发表作品少了，编辑有时候会约稿，但忙来忙去的，竟然几乎写不出适合发表的作品了。但总体来看，我在《儿童文学》杂志发表了不少作品。十多年前，我开始涉足儿童文学，就在上面发表诗歌、译作、短评和报告文学。其中，长诗还获得过它的征文奖，有幸和李少白等老师享受一样的荣誉。我给《儿童文学》杂志的佳作欣赏栏目写过不少短评，都是因为编辑的厚爱。现在想一想，《儿童文学》杂志给了我很多鼓励，尤其是最初练笔时。主编徐德霞老师，还有兼职的诗歌编辑金本老师，给了我不少机会。如果我没说错的话，《儿童文学》杂志几乎没让哪位作家开过专栏，但我在上面开过一个"小诗典"的栏目，连续一年，介绍了各种诗歌文体知识，这也算是开了一个先例。在徐老师的看重下，我受聘担任小作家协会的导师，第一个指导的就是张牧笛，那时候她才小学五六年级，她的一组诗第一次登上《儿童文学》杂志头条佳作栏目，是我推荐的。记得我把作品发到徐老师电子邮箱里，没多久就刊登出来。对一个小学生的作品如此重视，恐怕也就《儿童文学》杂志会这样了。后来，张牧笛羽翼渐丰，《儿童文学》杂志又推出了她三本书，徐德霞、金本等老师还带着我到天津二中给她开作品研讨会，这也是文学界的一段佳话吧。再后来，《儿童文学》杂志开设了小作家班，利用暑假，召集优秀的小作家集中培训授课，我有幸与位梦华、薛涛等为小作家们上课。当时的一批小作家，现在都成了"90后"的文学新人新秀。我记得现在担任《儿童文学》杂志编辑的王璐琪就是其中之一。再后来，《儿童文学》成立了儿童文学出版中心，着力开发作者资源，打造原创儿童文学品牌；开展擂台赛，举办各种论坛……现在，《儿童文学》不仅仅是个刊物了，而且是一个儿童文学创作和原创童书出版的重镇、一个文化创意产业的基地，这是很值得骄傲的。

我对《儿童文学》有着不一样的感情。不说徐德霞、金本老师了，就说现在的冯臻、胡纯琦、王苏、孙彦、汪玥含、刘霁爽、史伟峰和孙玉虎等几位，我们都是好朋友，虽然见面不多，但一直保持着联系，可谓君子之交。记得几年前，一位曾在中少社做期刊发行的人通过熟人找到我，让我参与创办一份儿童文学刊物，说要挤垮《儿童文学》杂志，我自然是不答应的。我在电话里对金本老师说："为了一点利益，我是不可能做这样的事的！再说，挤垮《儿童文学》简直是笑话！"事实上，《儿童文学》杂志是靠品质取胜的，读者是智慧的，他们不可能轻易放弃它的。

《儿童文学》一直关注新人，关注小作家，也提携了很多偏远地区的作者。现在活跃在创作第一线的年轻作家，都以在这里发表作品为荣。我认识的很多儿童文学作家，甚至都是从这本刊物里走出大山、改变生活道路的。记得有一次和常新港老师见面，我说："常老师，您现在出的长篇太多了，但写短篇影响力也很大，还是要在《儿童文学》这样的刊物露露面。"他认为有道理。的确，翻开一期期杂志，当代儿童文学的轨迹就在它的一篇篇文章里，几代作家的文学理想也在它的每一个栏目里。在不少文章里，我都会把《儿童文学》杂志当作一个例证，来说明中国儿童文学的现状，来证实儿童阅读的价值和意义。

有时候我想，假如没有这份刊物，会怎么样呢？期刊林立、读物纷繁的时代，中国孩子自然不缺读物，不缺杂志和报纸，但假如没有了《儿童文学》杂志，很多作家的人生一定要重写，很多人的童年经验一定有很大缺失。不能想象，这么大一个国度，儿童阅读会没有《儿童文学》这样的高品位刊物。

对我而言，《儿童文学》就像一盏灯，它在我的前方，照亮过我，给予我光芒，给予我启迪。现在，它又引领我女儿的阅读，让她的童年有了和曾经的我一样的快乐。《儿童文学》曾如老师一样给予我鼓励，以后，我会用友情的目光来凝视它，给予它真诚的祝福。

50岁的《儿童文学》杂志，依然是童心洋溢。愿它更有爱，更美好，更辉煌！

我是这样写诗的

很多人都爱读诗，尤其是儿童读者很喜欢读小诗。

但有些家长和老师认为，儿童最爱读故事。其实，读故事只是阅读的一部分，就像我们吃饭，不可能老吃一样食物，还得吃各种米饭、面、蔬菜、水果和糖果，甚至吃一些我们很少吃到的零食、特产。诗歌，也是阅读大餐里重要的营养元素。会读书的人，是不会忽略诗的。会写作的人，也是如此，他不但会编故事，会写散文，还会写诗。诺贝尔文学奖获得者中，大部分作家都出版过诗集，还有不少作家在初学写作时，都写过诗。

小时候，我就爱读诗。记得小学三年级时，就读过《儿童文学》杂志，说实在话，那时候，最喜欢它上面的小诗。虽然现在都记不住那些诗的名字和作者，但读诗的美好感觉还能回味得起来。少年初学写作时，我痴迷于诗，图书馆里能够找到的诗集，尤其是名家的选本，差不多都要借来读一读。青春季节，我也最爱读诗、写诗。记得上大学时，经常是中午在食堂多买一个馍，放在书包里，去图书馆时带着，从下午两点读到晚上十点，可谓废寝忘食，都是因为诗歌的魔力。诺贝尔文学奖获奖诗人的作品，还有欧美启蒙主义、浪漫主义的诗歌作品，几乎读尽。我一边读一边写，等到大学毕业，读了几百本诗集，也发表了几百首诗。

记得我发表的第一首诗，就是大一时参观淮海战役纪念馆之后，站在徐州的云龙山上写的。学过历史的人都知道，云龙山很有名，淮海战役决定胜负之战，就和云龙山有关。那座山，正在黄河故道之上，很有历史的沧桑感。当时，我站在山上，俯瞰着徐州城，似乎回到了历史深处，遥望黄河故道，感受时代的变迁、人间的遭际，心头思绪很多，我特别想表达什么，但不知道从哪里入手为好。忽然，脑海里似乎有条龙蜿蜒而来，它和黄河故道的弯弯曲曲重叠起来。我感觉这就是灵感，是突如其来的一个诗的意象，我要抓住它。于是，我写下了："远古走来的一条长龙/在风风雨雨中翻腾摔打/踉跄而去，身后/留下一层厚厚的黄鳞……"这首诗写完后，我把它寄给了一家报纸，竟然刊登了，而且拿到了十四元稿费。那时候，十四元钱，可以在餐馆里买十四盘小炒肉，对一位贫穷的大学生来说，是非常丰厚的一笔稿费！这次写诗的经历极大地鼓励了我，让我对写诗越来越有兴趣。

后来，我又发表了一些诗。每一次收到样报和样刊，我一方面在回味写诗的快乐，另一方面也在琢磨着，为何这些诗能够发表？我找到了窍门。比如说，我写了一首《花蕾》："藏着一肚子的笑话/只要她一开口/整个春天都会发笑。"这首诗才三行，能发表，是因为它营造了一个很美很活泼的意象——花蕾。看到一颗花蕾，很多人可能觉得不就是一个花蕾嘛，但我看到路边花圃里一棵石榴树结满了花蕾，突然觉得它很美，整个春天的花蕾都很美，它们就像爱笑的孩子，而且是藏着一肚子笑话的孩子，它们一开口说话，大家都会笑。孩子的笑和花蕾的盛开，在我脑海里有了重叠，变得很美。于是，我把花蕾和孩子的笑结合起来，就写成了《花蕾》这首诗。现在读来，这首诗还给人美感，令人发笑，把春天的生机也写出来了。我还写过一首小诗《石榴》："石榴花开了/是夏姑娘扎上了/鲜艳的蝴蝶结//石榴果熟了/是秋妈妈在摇着/收获的红铃。"这首诗从技巧上来说，几乎没有什么，不过是用了拟人手法；但它告诉我们一个写诗的捷径，那就是要善于联想，把平常之物和美的形象联系起来，就容易形成艺术化的、审美化的想象。看到石榴花，联想到夏姑娘头上的蝴蝶结；看到红红的石榴果，联想到秋姑姑摇着的红铃——这就是审美的想象。普通的、平常的景物，一旦经过了审美的想象，就变成了意象！因此，要写好诗，第一关，就要善于联想，善于把客观世界里的平常之物想象成有意味的、让人觉得很美的形象。过不了这第一关，是写不好诗的。美国意象主义诗歌的代表性诗人庞德写的《地铁》只有两行："这些面孔在人群中幽灵般的显现/湿漉漉的黑树枝上朵朵花瓣。"大学二年级时，美国文学课上，外教给我讲过这首诗。庞德有一天坐地铁，站在站台上，地铁一闪而过，他突然感觉快速而过的地铁好像一根黑色的树枝，坐在车里的女人们，像一朵朵花瓣，她们在诗人面前如幽灵一般闪过，让庞德有了艺术的想象。他用两行诗浓缩了当时的联想，形成了一首很有意思的诗。"地铁"和"黑色树枝""女人们的面孔"和"朵朵花瓣"，是诗里对应的两组意象，它们是两种联想、两种想象。

当然，并不是懂得了什么是联想，就会写出好诗，就能营造出美的意象。举个例子，台湾诗人沙白写过一首小诗《秋》："湖波上/荡着红叶一片/如一叶扁舟/上面坐着秋天。"这首小诗写得很美，诗人也用了拟人手法，而且也有联想，他把"红叶"联想成"扁舟"，但如果扁舟上坐着的是一个人，而不是秋天，那这首诗肯定不行。扁舟上面坐着秋天，首先它深化了红叶的内涵，也把秋天写活了，写得有了生命气息，写得很有古典诗歌的意境。所以，写好诗要过第二关，即在从物象、人象、景象到意象的转换中，还要有情感逻辑和更有韵味的境界。不然的话，意象再美，诗味依然不足。来读读顾城的小诗《小花的信念》："在山石组成的路上/浮起一片小花//它们用金黄的微笑/来回报石头的冷遇//它们相信/最后，石头也会发芽/也会粗糙地微笑/在阳光和树影间/露出善良的牙齿。"这首小诗写得非常好、非常美，也很有感染力。诗人看到一片小花，联想到了"金黄的微笑"，这种联想很美，使普通的小花变成了很美很有情感的微笑。诗人还把石头联想成了性格冰冷的人，但最终受到小花的善良的微笑的感染，也会粗糙地微笑，也会露出善良的牙齿。《小花的信念》里面，诗人不但很好地实现了艺术的联想、审美的想象，还在联想之时加入了感情，使意象的转变符合情感逻辑，也更加具有生命力，有人性魅力。所以，真正的好诗不仅是美的，还是动人的，也就是说，好诗不但给人美感，还给人爱，让人心里痒痒的，或者很受感染和感动。

当然，写好诗还要过第三关，那就是要有情趣。没有情趣的诗人，很难写好诗，因为他的心灵不活泼、不可爱、不灵动，对外部事物也会很麻木，不会轻易为微笑的细节和小生命而感动。从我自己写诗的经验来看，很多的灵感其实都是生活中突生情趣，就有了美的感觉。有一天，我坐在客厅靠窗的沙发上写微博，突然感觉肩膀上暖暖的，原来一缕阳光射到我的肩上，我脑海里就有了调皮的孩子的形象，好像阳光就是一个孩子，他趴在我背上呢，所以我觉得暖暖的。于是，我在手机微博里写了一首《调皮的阳光》，里面把阳光变成了一个调皮的孩子："我坐在沙发上读书/你从窗外溜进来/一会儿趴在我的背上/一会儿趴在我的书上/你别在我身边晃荡/要不然我就拉上窗帘/让你在外面受受凉。"这种情趣也叫作童心或者孩子气吧。诗人一般是有童心的人，也是很孩子气的。如果写诗的人很严肃，甚至很古板，干什么都爱较真，都讲究个实际，都要追求准确，那么，很多诗情画意就会丢失掉。因为诗，要有想象美；因为诗，最讲语言的模糊性和意象的空灵感了。有一天晚上，我在窗边赏月，就写了一首《月亮》："月亮挂在窗外/仿佛一枚银币/谁伸个手替我取下来/我想用它换一张明早的太阳饼。"它可以证明我是很孩子气的，看到月亮想到了银币，甚至想到要用它来换一张太阳饼，读者可能会觉得我这个写诗的像一个馋嘴的孩子。要知道，没有这股孩子的馋劲，就不会有这样的想象。

写诗有很多方法，很多读者希望我能以讲故事的方式，把写诗的窍门讲出来。说实在话，所谓的写作故事都是杜撰出来的。真正进入写作状态的人，是不会有什么故事的，要说有，那就是写，那就是想象，那就是思考。不过，下面我来讲一讲十来天前的一次写诗经历吧。那是 2 月 4 日，正是 2014 年立春之日。那天早晨六点多一点，我就醒了。坐在客厅的沙发上，翻看新浪微博，我看到有一个人的微博里转发了《春之声圆舞曲》的音乐视频，于是戴着耳机，点开，听了。这是世界名曲，非常激越，非常美妙，在立春之晨听它，有不一样的感觉，我忽然很想写点什么，又不知道写什么好。我打开窗户，一阵风吹进来，虽然当时气温还是零下，但我一点也不觉得冷，可能是刚才的音乐让我有了温暖感吧。这时候，我心里已经很痒痒了，好像几个漂亮的词语已经挤到了牙齿边，再不写，就要溜到外边啦。于是，我在微博的对话框里，一口气写下了《给春天开门》："风儿吹开了夜的眼睛/让明亮的阳光/透过孩子的瞳仁/小芽苞从树干上抬起头/她想踮起脚尖/倾听雏鸟的啼声/小草们也竖起了耳朵/捕捉山冈上绿色的乐音/一只小兔子蹦过来/他用力拍打着大树/朝大家大声喊着：/给春天开门，给春天开门。"这首小诗在微博上一公开，立刻受到广泛关注，点击转发者众多，评论者也很多。上海一位编辑老师读了这首诗还特意写私信向我约稿，让我给她编的刊物写十首童诗，还说要请插画家配上漂亮的图。一位作曲家也表示要给它谱曲。读《给春天开门》，读者不妨再回顾一下前面我说的写诗要过的"三关"，看看写这首诗是否过了那"三关"。

我不是一个很会讲故事的人，但我读了大量的经典小说，也读了大量的优秀诗作。我一直觉得，一位作家要过语言关，一定要有写诗的经验，要有写诗的感觉。写诗，会让人享受到提炼语言的喜悦，会让人感受到化平凡为神奇的激动。读好诗，学写诗，是很有意思的。最后，我把发表在微博里的一首小诗《写诗》送给读者，也许你会从它里面悟到一点写诗的诀窍：

"词语们很调皮/你想让他们站得端端正正/但有的总是插队/有

的还玩失踪/有两三个意象很乖/他们闪着亮晶晶的眼神/或者抿嘴一笑/让你觉得特别温馨/会写诗的就像好老师/不强迫孩子都听话/却喜欢那几个小机灵。"

写诗的时候，心灵上要变成孩子；但在对待词语的时候，要更像一位有爱也很智慧的老师！

一位值得终生信任的诗人

认识王明韵已经二十多年了，在诗歌写作上，他给予了我无私的帮助，而他的为人和作品也让我看到了诗歌的精神。

大学时，我在淮北煤炭师范学院外语系读书，爱写诗，在一些编辑老师的扶持下，常在《淮北矿工报》和《淮北日报》上发表一些小诗、散文诗和散文，偶尔也会写个短评或杂文，在报纸上露个面，也算是一个校园小名人。

记得每次去市里参加活动，包括向一些编辑老师请教，都会听到他们谈到王明韵，说他是一位很了不起的诗人，写得不多，但很见功力。记得最清楚的是，那时候，他写了一首长诗《省委书记和他的灾民们》，在《淮北日报》和《安徽日报》整版刊登，引起很大反响。那是一首反映安徽水灾的诗，充满着忧患意识，思想震撼力很强。我不仅读了，还找来了那份《淮北日报》，在学生宿舍里反复学习，既羡慕，又佩服。

当时，淮北有两位诗人很厉害，能够在《星星》和《诗歌报》上发表长诗、组诗。一个是江峰，他是淮北电厂的一名工人；另一位是王明韵，据说他在一个大型煤矿上做办公室主任。江峰，我见过，去电厂拜访过他。明韵兄，我没去矿上拜访过他，但在淮北几次文学创作会议上见过，长得很清秀，个子也比较高，瘦得有精神，算是一个典型的帅哥。他出版了第一本诗集《给一朵云》，很大方地送我一册，小 32 开本，很朴素，我特喜欢，反复品读，爱不释手。如果没有说过分的话，那是我大学时代读到的最好的一本青年诗人写的新诗集，我隐约记得在《中国煤炭报上》读到过一篇评论，认为《给一朵云》是"煤炭文学的新收获"。很幸运，淮北有一群诗人，如张秉政，我的文学启蒙老师，他在《诗歌报》《星星》和《中国煤炭报》等发表了不少诗，常鼓励我，指导我，让我越来越爱上了写作。更为年轻的，还有王明韵、江峰、张勤咏、王健、傅康、冯长福和赵宏兴等，他们结集在一起，形成了一个安徽诗坛的"淮北现象"。我在淮北煤师院组织大学生文学社和诗歌活动，邀请了孙友田、王健、傅康和冯长福等几位老师来做个讲座，可惜，邀请明韵兄时，正好他有事，没时间。

大学毕业，我离开了淮北，到马鞍山的华东冶金学院教英语。因为环境变化，我写诗不多了，也渐渐地拓宽了视野，开始写评论，也偶尔为《少年文艺》《儿童文学》写点儿童诗，翻译一些童话。和明韵兄等也几年没联系。有一天，我发现明韵兄到了合肥，而且担任《诗歌月报》的编辑了。我写信向他问好，他给我寄来了刊物和约稿信，还寄来了他写的《灰色的鸽群》，那册诗集开本比较大，灰色的封面，给人厚重感，里面收集了他处于创作黄金季的诗作，反映了他的心灵史及其内心对外部世界的敏锐接通，富有人文的思考。记得当时我写了篇短评，寄给了明韵兄，可惜他没回音，而我因为搬家把电子版丢失了。

后来，我离开了安徽，来到了北京，在北师大读书，而明韵兄也做了《诗歌月刊》的主编。他又开始给我寄刊物，还约我写稿。无奈那时候攻读硕士、博士学位，忙忙碌碌，参加了很多本可以不参加的文学活动，没有写出很多好一点的作品，也不敢造次。他几次约稿，我没好意思给稿子。有一次，我整理了十几首写诺贝尔文学奖获奖作家的诗，打印好寄给他，很快就刊登了十首，名为《与大师对话》。后来，我组织了北师大几位研究生的诗歌，还写了一个《北师大诗歌简说》，寄给明韵兄，他很快把我们的诗连同我的短文一起专栏刊登了。之后，我写了一个关于"难度写作"的短论，回应明韵兄的观点，他也很快在《诗歌月刊》刊登。来北京后，我们见面很少。记得他女儿考上中央戏剧学院，他和嫂夫人送女儿来上学，我们在中国农科院附近聚了一次。今年初夏，明韵兄来北京，他约我见面，本来我要请他的，但他坚决要请我。他告诉我，刚写了一本儿童小说，想找个出版社好好推出来。明韵兄有童心，有爱心，内心很纯粹，这些年做儿童慈善，是国内有名的慈善家。汶川地震时，他写了很多关注灾区受难生命的诗，还号召大家捐款，自己也资助了一些孩子入学。他在《诗歌月刊》设立"中国诗人慈航奖"，号召大家奉献爱心。媒体很关注，圈子里的人也都知道的，我就不多说了。

前些日，我给明韵兄发电子邮件，把自己在微博上写的微诗发给他，他也选刊了十首。应该说，我既是《诗歌月刊》的读者，也是它的作者。虽然明韵兄很关注我、提携我，但我知道，其实他对诗歌的要求是很高的。办刊物很难，《诗歌月刊》在他手里变得高雅大气，特别关注底层诗人、民间诗歌刊物和新人，因此，《诗歌月刊》口碑很好，也受到很多诗人的喜爱。

在北京，和一些诗人聊天，有时候会自然地聊到明韵兄，大家对他的为人很赞赏。大家都知道，诗坛很复杂，矛盾错综，但明韵兄从不参与那些门派之争，认真办刊、写诗，和大家友好交流。我有一个很明确的判断：他为人大气、仗义，有爱心，也善良。

相比很多诗人，明韵兄的诗创作算比较慢的，出版的书也比较少。可以说是非常有风格，也有风骨的。从他最早的《给一朵云》到后来的《灰色的鸽群》《最后的道路》和《原罪》等，一个最大的特点，就是有强烈的生命意识，体现了他的悲悯情怀。明韵兄诗歌创作起步于煤城、煤矿，他关注煤炭工人的生存处境，也对底层社会深有洞察，同时又受到个人生命经验的影响，很多作品里，都有内在的苦难、生命的疼痛和人生的追问。如他写的《新年，与耳朵书》，

一位值得终生信任的诗人

是他生命体验的书写——他自小患有耳疾，常疼痛难忍。我在《清明》杂志上读过他的散文，叙述过耳病给他带来的诸多痛苦，也感受到了他顽强的内心。《新年，与耳朵书》不只是一种自我苦难的呈现，更多的是自我的超越和洗礼。"救不了自己／我试图救别人／失学的孩子，白血病患者／尿毒症诗人，孤儿，弃儿／我把受伤的白鹭带回家／我从车轮下救护蜥蜴／为一只檐下的麻雀／我的书房至今不装空调／我给比我年轻的人让座／我给骂我的人拜年……"这首诗里，有明韵兄的大爱，有他的令人敬重的生命意识和价值观。如《悼一只沙蟹》叙述的是旅游时看到了一只被人踩死的沙蟹，从而反思了人们对生态环境的破坏，表达了自己对小生命的尊重。如他在微博上贴出来的《自由诗篇》，可以说是我近年读到的最好的诗。它充满着忧患，期待着美好，对现实之无情批判隐藏在平静的语言里，极有思想穿透力。而《这光芒》一诗，短小精悍，力透纸背，让我们警醒：那么多的失学儿童、贫困儿童、受难儿童，为何不能给他们一份安宁和幸福？

明韵兄的女儿大学毕业后在北京做记者，他常来北京，也写过几首关于北京的诗，我也很喜爱。如《这不是我的北京》，关注的是北京的文化生态和自然生态，字里行间蕴含着思考和质疑。

在明韵兄这些人的内心里，他们保留着一份知识分子的良知和诗人的良心。在我看来，明韵兄的为人和为诗，都是很成功的。他办刊，让《诗歌月刊》成为中国诗歌的一个重镇；他写诗，把诗写得深沉动人；他为人，讲诚信，重友情，献爱心。明韵兄是我写作和生活的楷模，也是我终生可以信任的诗人！

我的创作和研究之路

比起很多老作家，我从事儿童文学创作的时间不长。现在回想起来，第一次发表儿童文学作品是 1995 年，那一年，我在湖南的《小溪流》杂志发表了三首小诗。

第一次以儿童文学作品获奖，是 1997 年。那一年，我给南京的《少年文艺》杂志投了一首 60 多行的朗诵诗，结果编辑回信，让我再寄一张照片和一份个人介绍给她。诗歌很快被刊用，而且获得了当年的优秀作品奖。从严格意义上说，那时候，我还没有真正进入儿童文学创作的状态，只是偶尔写一写小诗和童话，尝试着投点稿，发表很少，大部分精力都在读文学理论书，也写新诗、评论。自少年时起，我就是一个狂热的诗歌爱好者，高中时，几乎阅读了所有的中外经典诗歌，也了解很多诗歌知识。这种经历对我后来写童话、写散文和从事儿童文学研究，都是一个奠基。

真正全身心投入到儿童文学上来，是 2003 年。那时候，我在攻读博士学位，开始思考一些比较深的儿童文学问题，也比较系统地阅读中外儿童文学经典，于是，我很快走了进去，成了一位所谓的儿童文学专家。

2004 年，我出版了第一本儿童诗集《母亲与孩子的歌》。那时候，在《儿童文学》杂志做诗歌编辑的罗英要主编一套《中国当代儿童诗新世纪诗丛》，由中央编译出版社出版，他邀我参加，于是，就有了这第一本儿童文学作品集。后来，我陆续出版了童诗集《夏天的水果梦》《跳格格的日子》《生命的歌哭》、散文集《最初的脚步》和童话集《蜗牛的房子》《爱做梦的兔子》《图画书的小麻雀》和《小猪的豌豆花》等四十多本创作集。其中，多部获得"冰心儿童图书奖"，还入选新闻出版总署评选的"三个一百原创图书"，并被列入国家重点图书出版规划。我写童诗、散文和童话，不追求过多的技巧，不故弄玄虚，不假装天真，我的灵感很多都来自阅读，也来自我的女儿。和孩子在一起，感受童心生命的纯真美好，心里有很多很多的想法，有很多很多的构思，有很多很多的话要说。有些作家不太读别人的作品，更很少读经典，只是自己使劲写。对这一点，我是难以做到的。创作，一定要有一个美的参照系，就像走路要有路标，夜航要有明灯一样。

当然，从事儿童文学创作，要得到小读者的喜爱，理解童心世界也至关重要。一个不理解孩子的人、一个不善良的人、一个不热爱孩子的人、一个不留恋童年的人，是很难写出好作品的。我个人的感受，对女儿的爱，也是我写作的动力。我在想，自己读了这么多的书，如果都不能为女儿写点像样的诗、散文、童话和小说，那还读什么书呢？我也常想，如果自己都不能好好做父亲，一天到晚在文字里倾诉对孩子的爱，有什么用呢？因此，我觉得做一位儿童文学作家，至少要爱护自己的孩子，要引领自己的孩子，要教育好自己的孩子，要让孩子感受到童年的快乐和幸福。

也正是这种心态，这种对孩子的爱，驱使我一边从事创作，一边用心于研究。我的第一本儿童文学研究著作，是《重绘中国儿童文学地图》，西北大学出版社出版，是王宜振老师推荐的。责任编辑很用心，书出版后，还在《西北大学学报》上撰文评价我这本书。《人民日报》《中华读书报》《文艺报》和《中国新闻出版报》等国内其他媒体做了评价，为我赢得了好评。后来，我又陆续出版了《童年再现与儿童文学重构》《中国少儿出版文化地图》《享受亲子阅读的快乐》等儿童文学研究著作和《重构文学场》《新世纪文学批评的踪迹》等文艺理论批评著作，还获得了第五届鲁迅文学奖，受到了好评。我一如既往地努力读书、认真研究，取得了一个又一个成绩。2012年下半年，我的儿童文学理论新著《儿童文学的多维思考》，获得了国家社科出版基金资助，今年"六一"儿童节前夕就会由未来出版社出版。

从事儿童文学创作和理论批评十多年，也有很多苦涩，也面临过很多困境。比如说，当初博士毕业求职时，因为自己出的主要是儿童文学成果，有的高校就说这些是"小儿科"，和他们的学科建设没有什么关系。在工科院校里做文学创作和研究，有人认为是没什么用的，甚至有人说"弄的都是哄小孩的"。在主流文学圈子里，有些人也会瞧不起儿童文学。这种偏见有时候很让人灰心丧气，但从另一个侧面给了我一些启示，那就是要写与别人不同的作品，要做填补空白的研究，不然的话，就更让人瞧不起了。但在十多年的创作和研究的道路上，我也遇到了很多师友，他们给我鼓励，给我支持，有的还送资料给我，甚至在我遇到生活困难时，给我充足的物质。当然，最可敬的还是小读者，他们越来越喜欢我，让我的作品卖得越来越多。读者是智慧的，那些清新纯正的文字，总会得到他们恰如其分的认可。

最近，我在修改《儿童文学的多维思考》一书第三稿的同时，也在为两家出版社写两套幼儿童话。此外，一家出版社要出版我的儿童文学系列作品，两家出版社要出版我的文艺随笔集。今年，我会在创作和研究上开出新的花朵。

我的创作和研究之路

难忘那几家儿童报刊

在儿童文学创作道路上，我不算新兵，也不算老资格。和同龄的一些儿童文学作家相比，我出道是比较晚的。很多儿童文学作家，十多岁就发表作品，有的二十来岁就有了名气。

我是年过三十才第一次发表儿童文学作品，那是1995年，长沙的《小溪流》杂志第十期刊登了我三首儿童诗。但那一次纯属偶然，因为当时写的这几首诗，本来不是专门为孩子写的，只是有一次在图书馆看到了《小溪流》，觉得这三首诗可能适合它，就寄了过去，没想到真发表了。

对我儿童文学写作影响很大的要算是南京的《早期教育》杂志。大概是1996年吧，当时我在马鞍山工作，在大学里教英语。有一次，我在报亭发现了几份幼儿杂志，便翻阅了一下，发现其中的《早期教育》里还有幼儿文学专栏。于是，我买了一份回到宿舍，认真阅读，觉得里面的幼儿童话和幼儿诗写得很好，短小有趣，想象力丰富，很适合幼儿接受。栏目的责任编辑叫姚国麟，我就写了十多首幼儿诗，寄给了他。没多久，竟然收到了样刊，姚老师用了整整一页刊出了我六首幼儿诗。这对我是莫大的鼓舞！于是，我很快又写出了一些幼儿诗、儿歌和幼儿童话，不但继续寄给姚老师，还给《幼儿教育》《看图说话》和《儿童故事画报》等杂志投稿，没想到这些报刊也陆续发表了我的作品。而姚老师呢，又几次用了整页刊登我的幼儿诗，他还几次写信给我，鼓励我。1997年，马鞍山市政府文艺奖评奖，我申报了一组《早期教育》的幼儿诗，也获了奖，得了三千元奖金，这在当时可是很了不起的数字呀，要是自费出书，差不多都够了。可以说，姚国麟老师是我的幼儿文学创作的伯乐。最近，我写的儿歌《小兔爱吹牛》获得了中宣部等多家单位联合主办的"第四届全国优秀童谣"评选三等奖，这其中也有姚老师一份功劳呀。

在给《早期教育》等幼儿刊物投稿时，我也开始给江苏《少年文艺》杂志投稿。那时候，马鞍山的报亭上，几乎每到中旬，就可以看到《儿童文学》《少年文艺》等杂志。我买了几期，看看它们的风格和里面刊登的作品，觉得自己似乎也能写，于是尝试着写一些儿童诗。拿出来给一些诗友一读，他们也认为不错，我想：原来我也适合写童诗。我在书店里买到了几本儿童诗选集，读了一些名家的童诗，胆子就更大了，写作的热情更高。我把写好的童诗，分别寄给《少年文艺》和《儿童文学》，没想到都采用了。《儿童文学》杂志采用了三首短诗，当时的责任编辑是罗英，从来信的笔迹看，我还以为是个女编辑呢。江苏《少年文艺》编辑也来了信，说要留用我一首长诗《十六岁的歌》，从笔迹看，编辑一定是女的，但因为没有署名，猜不出来是谁。没过两月，我收到了江苏《少年文艺》的样刊，我的长诗占了整整一页，16开的杂志，一页对我来说，就是很隆重的啦。这时候，我知道了责编叫章红，是一位美丽多才的女编辑。过了半年，我得知，《十六岁的歌》被评为年度优秀作品，章红老师写信让我寄个照片。于是，1997年的江苏《少年文艺》封二上，出现了我的照片。这是国内少儿报刊第一次刊登我的照片，当时激动的心情，是难以言表的。上海《少年文艺》当时的诗歌编辑许丽勇也热情来信，给予了我肯定，同时也留用了我的诗作。于是，

1996～2000 年那几年，我几乎年年在这三家国内最权威、也最有影响的儿童文学期刊上发表诗作，很快引起了儿童文学界一些诗人的关注。《儿童文学》和江苏《少年文艺》还刊登过我翻译的美国童话和童诗。《中国少年报》总编金本老师组织了两次全国儿童诗诗人聚会，在天津大港油田和河南太行山，都邀请了我，因为我怕耽误给学生上课，都没敢请假。陕西《少年月刊》主编王宜振老师打电话向我约稿，于是，从 2000 年起，我在《少年月刊》上发表了多组童诗，还两次获得了该刊的年度优秀作品奖，《少年月刊》也好几次专题介绍我和我的作品，还配上评论、照片，为我赢得了很多读者。2003 年，《新华文摘》还转载了我发表在《少年月刊》上的诗《在孩子与世界之间》，记得那一期《新华文摘》杂志还转载了著名散文家梁衡的散文，不过我的诗在原创文学栏目的头条，这也是迄今为止，《新华文摘》唯一对儿童文学作品的转摘，算是破了一次纪录。

随着在《儿童文学》《少年月刊》和两家《少年文艺》上发表诗作的增多，越来越多的儿童文学界人士关注我，其他一些少儿报刊也开始向我约稿，于是，我进入了儿童文学圈，并且在罗英的帮助下很快出版了自己的第一本儿童诗集《母亲与孩子的歌》。2001 年来到北京后，我和《儿童文学》杂志的联系相对多了，它举办的几乎所有重要活动，我都参加过；在它举办的创刊四十周年大会，我还代表年轻作家做了重点发言。我还担任《儿童文学》杂志社举办的小作家班的授课老师，参与它的进校园活动，还多次参加它的一些评选活动。江苏《少年文艺》的联系也一直没有断过，章文焙老师和沈飙老师担任主编时，发表了我不少诗作，明天出版社今年十月出版的我的少年诗集《你带着一朵花儿来了》中的不少作品，是在《儿童文学》和两家《少年文艺》杂志发表的。

我的儿童文学创作和研究之路是从儿童诗起步的，要不是遇到了这些少儿报刊和他们的好编辑，我想也不会有今天的一些成绩。我一直感谢姚国麟、罗英、许丽勇、章红、章文焙、金本和王宜振等老师，是他们的热情关注和扶持，让我爱上了童诗，也爱上了儿童文学。

“微童话”是个新生儿

最近，《中国艺术报》和《文学报》刊登署名文章批评了“微童话”，认为“微童话”是“快餐文化”，而且没法和安徒生童话比，糟蹋了儿童文学，也会伤害孩子。其实，这是对“微童话”的偏见。作为“微童话”的最早写作者和儿童文学的专业研究者，我觉得有必要谈谈自己的看法。

大家都知道，有了微博这个新媒介，就开始有了微文学。很多作家、微友喜欢在微博里写一些富有艺术意味的文字，有的是小故事，有的是小随笔，有的是小诗，还有的是小童话和小寓言，这些其实都可以称为微文学。

在微文学中，“微童话”特别惹人注目。大家都知道，微博写作因为有字数的要求，每一则微博顶多只能写140字，所以写“微童话”，要求很高：第一，字数不能多，只能控制在140字内；第二，要符合童话的要求，要有故事，有形象，有幻想的空间。因此，对写作者的语言素养要求很高。

我是去年十一月份时开始尝试在微博里写些文论和小童话，应该算国内最早尝试“微童话”的写作者之一，但那时候还没有形成较大的影响，只有少数几位报刊编辑和儿童文学作家，对我的“微童话”有一些关注。今年一月，一批儿童文学作家，如冰波、王一梅等，都在微博上开始尝试写“微童话”。上海的《小青蛙报》率先关注并刊登了一些"微童话"，还举办了"微童话"征文。于是，盛子潮和我都积极参与，还有王勇英、余雷等其他一些儿童文学作家。"微童话"开始写作之时，大家都是尝试性的，而且是带着好玩的心态来写的，并不十分注重童话的艺术构思，但就是这种自由自在的心态，反而使"微童话"获得了众多微友的好评与喜爱。一些妈妈微友和一些教师微友，及时利用我们这些"微童话"来做亲子阅读材料，有的做睡前故事，还有的转贴在教学网上；她们还及时反馈孩子接受的信息，并告诉我们，这些"微童话"受到了很多孩子的喜爱。这让我们受到鼓舞，写作热情大增，也开始注意写作的艺术化了。

紧接着，新浪网于二月份开始举办了"微童话"征文，白冰、冰波、王一梅、萧袤、安武林、熊亮和我等都应邀担任评委。这一下就真正点燃了微友的"微童话"写作热情，短短两个月下来，形成了上万人参与"微童话"写作、大人和孩子一起参加比赛的局面。现在，新浪网上的"微童话"写作者越来越多，一些孩子的妈妈、一些教师，还有一些儿童文学研究生和一些小学生也加入了"微童话"写作，而且接力出版社、少年儿童出版社、未来出版社和新疆电子音像出版社等都要出版"微童话"图书。我本人的"微童话"早在一月份就被未来出版社选中，"六一"儿童节之际就要面世。由于新浪网上"微童话"越来越多，我和盛子潮还陆续推出了"微童话"论，很多报纸也予以了关注。一些人对"微童话"也表达了自己的担忧，他们认为"微童话"那些少的字数，可能只能表达一个故事梗概，而且会太简单，没什么意思；有微友认为"微童话"只是网络快餐文化，没有审美价值和教育价值；还有的甚至把"微童话"与经典童话进行对比，认为"微童话"完全是文字垃圾。其实，任何形式的文学作品都有优劣之分，不能一棍子都打死了。就像我们制造别的物件，也有合格和不合格的区分。我在接受中国国际广播电台的采访时，打过一个比喻，写"微童话"就像烤烧饼，那些从来没有吃过烧饼的人，发现有些烧饼烤煳了，就说吃烧饼有毒，这是不对的。另外，格局小并不是区别文字优劣的标准，很多诗人都是靠小诗闻名的。至于网络微博这个媒介更不是洪水猛兽，更何况在接受"微童话"时，还有家长和老师把关。

"微童话"虽然小，但如果认真写，也可以以小见大，滴水见阳光，一叶而知秋。和一般的童话比，"微童话"无非就是字数少了，但作家会在不断摸索中，写得越来越好，相信会有越来越多的出版社认识到"微童话"的出版前景。"微童话"是新生事物，写作中肯定有很多问题，艺术化和故事性是要坚守的，但无论如何，我们期待大家宽容和理解它。特别希望大家都来好好写"微童话"，让少儿读者认识"微童话"。

我在微博写童话

微博是一个新媒介，从 2007 年起开始被大众认识，至今已经有六七年的历史。大家都知道，2009 年和 2010 年，微博开始流行，很多白领纷纷"织围脖"。我就是从 2010 年 10 月才开始写微博的。记得那时候，正参加市里的"四个一批"人才学习班，有几位朋友已经开始写微博，我也开始尝试，就在新浪注册开通了微博。

刚开始写微博，完全是好奇，喜欢评点时事，转发一些有意思的图片和文字，并且在微博里和熟悉的师友做一些沟通，并没有想到要在微博里开辟一片文学的小空间。不过，写了几个月，发现在微博里，有不少人写点影评，写点随笔，写点小诗，写些类似于警句的东西，觉得很有意思。记得，2010 年的时候，微博里已经有"微小说"和"微寓言"了，是一些写闪小说的在玩，读了一些，很喜欢。微博媒介出来后，微博写作也应该算是一个文学现象了，因为不管承认与否，微博阅读是存在的，那么微博写作就值得关注，即使微博写作的文学性还达不到令读者满意的地步，但事实上，已经出现了微博文学，它是和一般的网络文学不一样的，微博写作是典型的大众文字狂欢。

看到别人在微博里写作，玩一点"文字游戏"，我也开始尝试，先是写点短诗，有时候还来几句绝句，也写几篇小散文诗。没想到，很受关注，关注我的人越来越多。到了 2011 年 10 月时，我突然想：

是不是可以在微博里写一些小童话？因为关注我的粉丝大部分是关注孩子阅读和儿童文学的妈妈，她们喜欢和我交流一些儿童教育的话题，也会让我推荐一些童书，还会请教一些亲子阅读的问题。和她们交流，我发现她们对现在流行的童书不太放心，对一些儿童商业阅读推广也保持着警惕。有一次，一位粉丝妈妈问我："谭老师，为什么你不写点小童话呢？我们喜欢读你写的文字。"这给了我很大的鼓励。当时，我还没有想过要在微博里给孩子写作，而且我也反对孩子玩手机和微博，毕竟这对孩子的视力影响太大。但这位妈妈还说："如果我们这些会写儿童文学的在微博里写些故事，她可以拿着手机读给孩子听。这样一来，自己也省事，也不用找亲子阅读材料了。"

于是，我开始在微博里写小童话，这就是后来被媒体广泛报道的"微童话"。我是2011年10月开始写的，几乎在同时，我发现冰波、王一梅等作家也在微博里写"微童话"，随后，很多人跟着在微博里写"微童话"。我发现，自己每写一篇，就有一些妈妈告诉我，她们每晚在给孩子读我写的小童话。2012年春天，新浪网开展了"微童话"大赛，算是引发了"微童话"写作的热潮，一时间，成千上万的微友在新浪写"微童话"，形成了一个重要的写作现象。新浪"微童话"大赛，我有幸被邀请担任大赛评委。那一次大赛，出现了很多好稿子，也评出了一批好作品。在我的周围，有一些妈妈也开始加入"微童话"写作的行列，如天津的"我是职业妈妈"、上海的"朵朵人儿"、湖南的"无尘"、烟台的"蹦蹦朱丽秋"、合肥的"翡洋洋"和哈尔滨的"尔芙"等，她们也在新浪微博里写"微童话"，而且越写越好，她们积极参加新浪"微童话"大赛，有几位还获了奖。没多久，上海《小青蛙报》也开始了"微童话"征文，吸引了不少人参加。一些儿童文学作家和儿童文学研究生也纷纷加入这支队伍，如安武林、王勇英、龚房芳、王一樵、吴正阳、玉米风铃和军无忌等。在大家的热情参与下，《小青蛙报》的"微童话"征文很成功，还在2012年3月8日那天，举办了全国第一次"微童话"研讨会，我受到邀请，可惜因为有事无法参加，只好在微博上寄予了热烈祝贺。《竞报》《中国新闻出版报》《出版商务周报》和中国国际广播电台等，都纷纷来电来人采访，给予了我和"微童话"以热情的关注。陕西未来出版社的编辑老师还专程来京，约我的"微童话"书稿。于是，我把2012年5月之前写的100多篇"微童话"整理成了一本《谭旭东微童话》，还选编了一本《中国微童话》交给未来出版社。

当然，在写"微童话"时，也有一些读者和微友不理解，但"微童话"最终还是受到了好评，而且不少出版社也认为"微童话"是可以做成好书的。《中外童话》杂志主编谢乐军读到了我写的"微童话"，约我在他主编的少儿刊物上开了专栏，《小学生导刊》《小学生拼音报》《小青蛙报》《幼儿故事大王》《红蜻蜓》和《童话王国》等陆续选刊我写的"微童话"。《亲子》杂志最给力，主编刘莉老师专门让我主持了"亲子睡前微童话"栏目，每一期我选五篇"微童话"，写上小导读，现在已经连续刊登了多期，成了一个很受妈妈欢迎的栏目，小智、朵朵人儿、无尘、王勇英、玉米风铃和我等创作的"微童话"，都在上面露相。

"微童话"短小精悍，有些就是一个很好的长篇童话的故事核，有阅读经验的妈妈拿过来，稍加发挥就可以讲出一个好故事；有的就是一个很完整的小故事，会利用的妈妈，每晚收集几个，就可以解决睡前亲子阅读的问题。另外，有些语文老师也发现，"微童话"很适合中低年级小学生阅读，对高年级学生来说，也是写童话的好蓝本，所以，"微童话"日益受到学校语文老师的重视。在这种情况下，我觉得不但有必要继续写好，而且还要团结好一些"微童话"作家，于是，我又主编了《睡前亲子微童话365》，这套书共六本，收集了365个"微童话"，由黑龙江少儿出版社出版。前几天，在哈尔滨继红小学和小读者见面，家长和孩子们很欢迎，东北网和《黑龙江日报》等给予了及时报道。《睡前亲子微童话365》这套书里，也收集了我今年写的几十个"微童话"，随后，我会从我写的400多个"微童话"里挑出一部分，加以修改整理，出版一套新的"微童话"丛书。

写"微童话"给我很多快乐，同时，它也是一个文体的创新，因此也给人们带来了一些思考。"微童话"写作在新媒介上写作与传播，以流行的方式和读者见面，但它的直接受益者又不仅仅是微博上的读者，更多的是那些不上微博的孩子，因此它在内涵上，还是要非常讲究。我觉得，第一，"微童话"要是真正意义上的童话，要有幻想的、要有想象力的再现；第二，"微童话"里要有爱，要有美，要有正确的价值观，要让孩子听了或读了很受教益；第三，"微童话"的语言要简练，要值得品味，"微童话"阅读要是一种很美的文字游戏。做到这几点，"微童话"写作就会走到孩子们中间去，也才会得到出版界的认可。

今年十月，我在新浪写"微童话"已有三年啦，"微童话"自然没有让我成为畅销书作家，但它至少给了微博一股清新的风，至少给自己带来了全新的写作体验和快乐。"微童话"对于儿童文学来说，也是一朵新鲜的小花，它不艳丽，但也让人惊喜！

"微童话"也是大作文

　　利用寒假之空闲，整理了一下自己在新浪网上写的"微童话"，竟已有五百多篇。其中发表在《小青蛙报》《小学生导刊》《中外童话画刊》《小学生拼音报》和《童话大世界》等十多家报刊上有八十多篇，收进《中国微童话名家精选》《睡前亲子微童话365》和《老鼠的梦想》等书的有一百八十多篇。未出版的，还可结集三册。我在微博上写道："待价而沽吧。写什么都不要急，心态要从容，要平和。写作和出版的矛盾，对我已经没有。只要写出来，就能找到婆家，我的'微童话'不会是'剩女'。"这些话虽然有点王婆自卖自夸的味道，但确实流露了我对"微童话"创作的坦然、热爱和信心。

　　第一次在新浪写"微童话"，是2011年2月。无论刚开始写的，还是后来写的，大部分只是为了好玩，只是为了试一试，甚至有时候只是想把一个小细节记录下来，但整理好之后就发现，原来还是有一些基本的原则的：第一，写的形象都很生活化，更加贴近生活，不为了写童话而童话；第二，写的时候，考虑过一些妈妈会给孩子朗读，因此语言朴素些，故事简单些；第三，写出自己的童心、自己对美的感受。现在细细地读读其他朋友写的和我写的"微童话"，感觉"微童话"的确是故事的珍珠。它以极其短小的篇幅，以一个形象为主，讲一个完整的故事，这是很有意思，也很见功力的。"微童话"既适合爸爸和妈妈给孩子讲、读，也适合小学中低年级孩子自主阅读。

"微童话"是一个受众比较宽的文体，是童话的新形式。

值得一提的是，《谭旭东微童话》由未来出版社出版后，2013年10月起在当当网销售，连续几个月在当当网的"中国儿童文学类"图书热销榜上排名第六位，在京东卖得也不错。我选编的《中国微童话名家精选》，在当当网"中国儿童文学类"图书热销榜上排名第十二位。此外，我主编的《睡前亲子微童话365》（六册）也受到了读者的好评，在当当网、京东和卓越网等销售也不错，《出版广角》《中国新闻出版报》《新华书目报》《新疆都市报》和《黑龙江日报》等一些报刊也给予了关注和报道，不少读者还写来热情洋溢的信。一位妈妈给我写邮件，说："你写的'微童话'贴近孩子的生活，孩子学着写也容易。他现在模仿你的'微童话'写小故事。"现在我写"微童话"时，也希望引导小读者结合生活来写作。故事就在身边，只要找一个小角度，就可以叙述出来。去年冬天，我应北师大励耘实验学校林福森校长之邀给小学部一二年级学生家长做《如何打造家庭阅读环境》的讲座时，发现不少家长都购买了这本书，而且她们反映，孩子很爱读我写的"微童话"。一位家长对我说："我家孩子读了你的'微童话'，孩子很快学会了编故事，作文也不害怕了。"该校的一位语文老师也说："'微童话'的确有一个意想不到的好处：刚学作文的孩子读，能很快学会用几句话讲一个完整的故事。能讲小故事，就能逐渐讲大故事。能写'微童话'，就能写长故事，写大作文，写好作品。"

2012年和2013年暑假时，我也应邀给几个小作家班做了"微童话"写作讲座，两个小时内，我先给孩子们展示了几个"微童话"，和他们一起欣赏了一下，谈了谈"微童话"的特点，然后，让孩子们现场模仿着写作。不到半小时，孩子们就写出了200字的小童话。我一一加以点评，再让他们写，有的孩子十分钟内，就能写出很不错的小童话。我认为，能顺利写出200字的小童话，就能顺利写出300字、500字的童话。因此，读"微童话"，写"微童话"，其实是很锻炼孩子的写作能力，尤其是讲故事的能力的。

现在新浪微博上，写"微童话"的朋友越来越多，除了一些儿童文学名家，还有一些新作者，包括一些热衷于亲子阅读的妈妈，如冰波、王一梅、高咏志、亚东、朵朵、李忆锋、吴正阳、李海生、孙翠珍、柏笑寒、刘颖、杜百宁、曹宇、雷晓芳、张悦、郝宝娟、徐长顺、施鹏和幽兰等。他们在新浪微博里一直比较活跃。

不少朋友写的"微童话"，写得很不错，我一边写，一边在向他们学习。当然，随着我的"微童话"书的出版，我也不断听取读者的意见或建议，尽量提高自己的水平，写得更好一些。

我的儿童文学创作标准

我从事儿童文学创作已有十来年了。在多位编辑的鼓励和支持下，出版了儿童诗、童话、儿童散文和寓言等作品集四十多部，还发表过一些儿童报告文学和儿童小说。我也出版过多部有影响的儿童文学研究著作，并成为国内唯一获得了鲁迅文学奖的儿童文学作家和评论家。

儿童文学创作和其他文学作品的创作一样，都需要有审美的标准和思想的标准，但儿童文学有它的特殊性，因此创作儿童文学，无论是视角、读者对象，还是审美尺度，都有它不一样的地方。

以我的看法，儿童文学要受到孩子的喜爱，第一要尽可能地用儿童视角来观察，来思考，来表现，来呈现。如果儿童文学以成年人的眼光来看待世界，那么儿童文学呈现在孩子面前的就是一个非常复杂的成年人世界，就可能满是凶杀、暴力、罪恶、色情和阴谋诡计。在孩子的眼里，世界总是美好的、纯净的，孩子即使有时候看到了世界的可怕，他对世界依然怀有希望和梦想。现实生活中，成年人经常呵斥孩子，伤害孩子，甚至忽视孩子，但孩子对成年人世界总是充满信任。因此，创作儿童文学作品，一定要把孩子的世界，尤其是孩子的思维、孩子的心灵和他们的想象力展现出来。从某种程度上说，儿童文学是孩子看待世界的一种方式，当然，也是成年人作家理解孩子的方式。

儿童文学要受到孩子的喜爱，第二要尽可能地表现孩子的生活。孩子的生活有两个方面：一是他们身处的现实生活，二是他们想象的世界或者他们希望自己所处的生活。孩子现实的生活有很多层面，比如说他的家庭生活、学校生活、社区生活和人际交往等；孩子的想象力的世界，包括他的梦想、他的幻想、他的很多思考。作家如果不能把孩子的生活写好，就不可能得到孩子的认可。有些作家笔下孩子的形象和生活往往是杜撰的，是按照作家自己的理解，想当然地来书写的，和孩子的现实生活还有很大距离，而且他笔下的孩子的话语，就像捏着鼻子在学孩子说话。这种所谓的儿童文学作品，一定是味同嚼蜡、枯燥乏味的，小读者觉得不亲切，也不真实，自然也不会感动他们。

　　有一次，我和女儿交流，我让她谈谈阅读国内某位儿童畅销书作家作品的看法，她说："她写的是她自己认为的儿童生活，不是我们真实的生活，更不是我们想要的生活。"她还说："我喜欢《窗边的小豆豆》，因为它写的就是我想要过的生活。"女儿的话给了我很大震撼。儿童文学作品一定表现"孩子想要的生活"——这就是孩子梦想的、希望的，也是孩子心灵的花园，是真正属于孩子的世界。我希望自己的儿童文学创作会给孩子希望，给孩子梦想，会让孩子觉得纯净、快乐和美好。

我遇到的一些诗歌编辑

从首次公开发表诗歌至今，已有 22 年整，我在《儿童文学》《少年文艺》《诗刊》《星星》《诗歌月刊》和《诗潮》等国内几百家报刊发表过作品，认识了很多位诗歌编辑。记得第一次在公开报刊发表诗歌，是在《淮北矿工报》，那是一份企业报纸，但文艺氛围很浓，副刊办得很好，责任编辑是魏平、徐芳。魏平老师据说早已退休，徐芳老师还在编报，去年，我们在微博相遇，她还邀我去淮北看看，也算是一段佳话。

第一次在比较有名的刊物发表诗作，是大学二年级时，在《飞天》杂志，它是西部很有影响的纯文学期刊。当时主编是李云鹏，一位很敬业的编辑，也是一位真诗人，出版了多部有质量的诗集，每次给他寄稿，他都会及时回复。他不但选发我的诗作，有时候，我的书信也会被摘刊在"读者来信"栏目。我们只见过一次面，大概是全国第六次作代会，我在北京饭店拜访过他，因为人多，只说了几句话。李云鹏老师那一笔工整而有力度的钢笔字，还留在我的脑海里。《飞天》杂志还有一位诗歌编辑叫李老乡，他的诗写得很好，是西部诗歌的代表人物，对我的鼓励也不少，也亲自编发过我的诗。后来，李老师获得了鲁迅文学奖，可以说，我是很引以为荣的。《飞天》虽然是综合性文学期刊，但它的"大学生诗苑"栏目是全国有名的，几乎上过大学的有名诗人都在那里露过面。我能在里面发表几组诗，而且后来还推荐自己的几位学生在里面发表诗，是很不容易的。

在纯诗歌刊物发表诗作，也算是不少。湖南的《散文诗》、吉林的《青春诗歌》、山东的《黄河诗报》、安徽的《诗歌月刊》、四川的《星星》和沈阳的《诗潮》，我都有幸发表过作品。《散文诗》的创刊人邹岳汉和冯明德算是我的散文诗的引路人，对我鼓励有加，我在各地发表了几百篇散文诗，可惜因为几次搬家丢了剪报，不然的话，一定要出一册送给他们。《黄河诗报》主编桑恒昌，十多年前书信往来，前年终于见了面。《诗歌月刊》主编王明韵，我刚写诗时就认识了他，他待我如弟，他担任主编后，我反而很不好意思寄稿过去。不过，我寄过两次，每次他都以几个页面刊登十来首，算是重点推出，但明韵兄和别的编辑一样，从来没有接受我的请客。前些日来北京，他反而请我吃了一顿鲜鱼。而《诗潮》主编李秀珊老师，大前年我到绍兴领奖，见过了她，有幸得到她的约稿，结果她以专栏刊我十首诗，还在开栏语里表扬我以儿童文学研究获得了鲁迅文学奖，对我的创作加以介绍，让我深受感动。不了解我的人，认为我爱热闹，甚至有人听到传言，称我为"社会活动家"，其实，我喜爱安静的生活。写诗，对我来说，就是寻找心灵的家园，寄托孤独的思绪。一个喜爱热闹的人写诗，可能只会写些鼓动诗、打油诗或应景之作。在《诗歌月刊》和《青春诗歌》等处发表的《与大师对话》系列，如果读了，就可以了解一些我的内心世界。去年，在新浪微博里写了一些微诗，反响很不错，《中华诗词》执行主编高昌选了六首刊在其新诗栏目里，《贵州民族报》的文学周刊一期就刊了三十二首，《山东文学》和《诗歌月刊》也一次刊了十首。微诗虽小，而且看似在玩，其实也多是安静之作。和很多诗歌编辑打交道，最深刻的感受就是都很纯粹，不爱张扬，而且几乎没有功利之心。我是穷大学生时，他们爱护我、关注我；现在我也算有了些条件和资本，他们还热情如初。这就是诗歌编辑的安静，他们的心灵世界里有一块没有被世俗尘埃玷污的绿地。

我也写了很多儿童诗，几乎在稍微有些名气的少儿报刊都发表过作品，如《儿童文学》《少年文艺》《儿童文学选刊》《儿童大世界》和《东方少年》等。这些刊物的编辑也都给了我很深的印象。《儿童文学》的诗歌编辑罗英，现在虽然离职了，而且比我年龄还小，但我不会忘记他。我来到北京后，在最困窘时，他常邀请我去打牙祭，帮助我，鼓励我。江苏《少年文艺》的诗歌编辑章文焙，不但鼓励我写些朗诵诗，还连续发表了我十来首长诗。上海《少年文艺》的诗歌编辑许丽勇，每次选完稿，都会认真回复，她清晰秀丽又带着书生气的来信，让我对童诗有了更多的信心。好几次，她都说，诗歌是少儿需要的，我们不能忽视诗歌。黄亦波编《儿童诗》时，不但向我约诗，每次写信，还附一幅字。他的书法很好，退休后还呼吁儿童诗教，令人感佩。

我出版了几本儿童诗集，也遇到了好几位很优秀的编辑，如重庆出版社的杜虹、新世纪出版社的翁容和明天出版社的孟凡明等。我们之间可以说都是君子之交，人淡如菊，但非常温馨，编辑和作者之间的默契，难以言表。现在出版文化虽然在大步前进，但功利化思潮也涌动着，出版社也不太出版诗集了，诗歌刊物日子不太好过，一些报刊发表诗歌也少了，但我一直认为，越是喧哗的时代，越需要诗歌来滋养心灵。如果人的内心不能享受安静和美好，不能得到诗歌的润泽，那一定有一分焦躁和不安。从这个角度上说，我依然热爱诗歌，也依旧会坚持写诗。

当然，那些在诗歌编辑岗位上默默坚持的人，更是值得关注，值得赞赏。在这里，我也祝福在我文学之路上提点过我、鼓励过我的诗歌编辑！

我的恩师张秉政

从小学，到中学，到大学，到研究生，学习的几个阶段，遇到了很多老师，不少老师关心过我，扶持过我，其中最让我敬重的是大学时代遇到的张秉政老师。

张老师是我在淮北煤炭师范学院读书期间认识的，他不是我的任课教师，那时候，他是校报的主编。一年级时，我担任外语系学生会的宣传干事，看到校报每一期的新闻版都会刊登一些校园新闻，心想，自己也可以写呀。而且我高中时就有写新闻的经验，曾经在《湖南工人报》发表过新闻作品。于是，我就把外语系学生会开展的活动写成短消息，投到校报设在教学主楼的投稿箱里。没想到，过了大约半个月，校报在一版刊登了我写的小消息，我还得到了系领导的表扬。

记得是大一快结束时，正逢仲夏，天已经开始热了。那一天，我正在外语楼门前和几位同学一边乘凉，一边聊天。突然听到有同学喊一声："谭旭东，校报的老师叫你有空去一趟。"当时，我觉得有些奇怪，但想一定是因为我给校报投了稿。第二天，我就去了化学楼，在五楼找到了校报编辑部。在那里，我见到了一位高高的有些偏胖的中年人，他略带皖北口音，很热情地招呼我进办公室，还端来水给我喝，说："同学，请坐。你是来投稿的吧？"我说："我是外语系的学生，听说你们要找我。"他笑着说："哦，那你就是谭旭东同学吧。"

我点了点头。他和蔼地说："你的消息写得很好，以后多写写，把你身边的好人好事写出来，也多多发现一些校园新闻，给我们多投投稿。"那一次见面时间不长，但张老师给我留下了很好的印象。此后，我常给校报写稿，而且每一次去校报编辑部，他都会认真指出一些问题，教我如何写新闻报道。到了大二时，校报记者团要改选了，张老师让我担任记者团主席，每月他还给我们这些学生记者讲消息、现场新闻和人物通讯的写作，不到一个学期，我就由对新闻的懵懂，转变为对新闻的熟悉和热爱。大二时，我开始在校报发表几千字的人物通讯，还采写校园新闻投到外面的报刊，在《中国煤炭报》和《安徽日报》上发表了，并获得了煤炭系统优秀通讯员的称号。张老师常夸我有悟性，也勤奋，所以进步快。因为新闻写作能力比较突出，而且张老师觉得我是一个写作苗子，就很用心地指导我，还聘我担任校报文艺副刊的编辑。

张老师老家是安徽宿州的，父亲在黄埔军校毕业，曾在国民党部队担任医官，家学比较深。他的人生并不很顺利，高中毕业就进了煤矿，在掌子面上挖过煤，因为读了些书，有些文化，也会写作，就被抽调到矿上的中学做高中语文老师。1977年恢复高考那一年，他一边带高三语文，和学生一起复习高考，一边挑灯夜读，做起了大学梦。结果，他和三个学生一起考上了大学。那时候，他已做了父亲，拖家带口的，但在师母的支持下，他毅然走进了大学校园。后来，他以优异成绩毕业留校，做过老师，做过校长秘书，在校报和学报主编的岗位一干，就干到了退休。张老师在古典文学的研究方面造诣颇深，他发表过多篇研究刘基寓言的论文，有的还被中国人民大学书报资料中心转载。他出版过一部研究专著，在国内寓言文学研究界也是一位知名人士。张老师的文学创作也相当了不起，他在《人民文学》《诗刊》《星星》和《诗歌报》等都发表过诗作，还出版过诗集，在朦胧诗初期的大讨论中，他还写过诗学论文。他在新诗理论方面也有一定的探索，后来他主编学报，开设过新诗研究栏目，也算是他的一个新诗情结吧。

在校报做学生记者和编辑时，张老师一方面指导我写新闻，一方面指导我和其他几位文学爱好者写新诗，经常和我谈文学，讲文学的感悟。有时候，他发表了作品，也会拿给我看看，并给我讲一讲他对诗歌、对艺术的理解。他还常在师母面前夸我。师母待我如子。她在附属小学做音乐老师，也挺忙碌的；但她经常会做一桌好菜，请我到家里吃饭。张老师家里藏着很多书，比较好的文学作品和理论书籍，几乎都可以看到，因此，每一次到他家，我都会流连于好书之间，充分享受阅读的乐趣。张老师爱说这两句话："书到用时方恨少！""板凳一坐十年冷，文章不说一句空！"每一次，我都会认真倾听，每一次都有不同的体会。在张老师的鼓励、督促下，我常泡图书馆，努力读书，认真写作，到了大三时，就公开发表了三百多篇各类作品，其中，还有诗发表在《飞天》和《东海》杂志，《中国煤炭报》和《淮北日报》都有专门的文章评介我的创作，这对于一位大学生来说，是很难得的。

在创作和学术方面，张老师给我的影响主要有两个方面：一是专心致志，耐得住寂寞。他在给我们这些热爱写作的记者讲课时，就告诉我们，写好新闻，要认真观察，发现问题，仔细收集材料和信息，态度要严谨。而且在大学里，不要看到别人做什么，就学什么，跟风模仿，永远不会有自己。张老师的话，对我来说启发多多。校园里的生活在很多人看起来很平淡，我却发现了很多有趣的地方，并且把它们写进了新闻作品和文学作品里。二是视野开阔，知识要广博。张老师自己是中文专业毕业，但他既做新闻，也从事摄影，他不但喜爱古典文学，还做新诗研究和创作，这和他的工作有关，当然更和他的视野有关。他博览群书，知识面非常广，因此做什么都得心应手。他不但出版过古典文学和新诗研究的著作，还出版过诗集、散文集，也出版过摄影理论著作，是安徽省高校摄影学会的召集人。现在，他年届七十，还爱扛着摄像机，到各地去采风、去创作，他对新鲜事物满怀热情，对年轻人有很强的包容心。

受到张老师的影响，我在创作和理论研究方面也算是多面手。不但爱写新诗，做诗评，还从事儿童文学创作和研究，也研究过出版文化，写过具有文学和传播学交叉视野的论著。后来，我获得了第五届鲁迅文学奖，也算是以一点成绩报答了张老师对我的创作和学术的指导吧。

大学毕业后，虽然很少去见张老师，但也时常有电话联系。记得我毕业后在马鞍山的华东冶金学院外语系工作时，有一次张老师到南京开会，还买了一盏台灯送给我。后来，我来到北京深造、工作，他来北京，我们又聚了几次。我在煤师院读书时，还组织过多次诗歌活动，背后都有张老师物质和精神的支持。在我的带动下，煤师院有一个校园诗群，今天，虽然这些诗友们有的不再从事文学工作，远离了诗歌，但他们和我一样一直记得张老师在诗歌道路上给予的热情关怀。

今年我从教已有二十年整，从张老师身上，我学到了很多做人为师的品格，也有几个教育体会：第一，要爱护学生，尊重学生。即使学生犯了点错误，也不要和学生计较，而且学生有问题，老师也应该担负起责任来。现在有的老师喜欢挑学生的毛病，而不善于从自己身上找原因，这是不对的。第二，做老师，一定要有真正的学术精神，要有高尚的人格。现在全社会都在拷问师德，媒体上常有批评教育的声音，就是因为有一些老师做人有问题，不讲师德，甚至在大学里还有老师嫉妒学生、利用学生、伤害学生、玩弄学生。第三，做老师也好，做一般的人也好，一定要有勤奋刻苦、努力做事、踏实做人的精神。张老师在这几方面都是可以垂范的。

今年，张老师几次来电话，邀我去母校看看，做个讲座。因为忙忙碌碌的，上半年没有实践诺言，秋天时，我一定要去母校看看张老师，看看师母，看看曾给我美好回忆的大学校园。

谈谈读与写

　　我特别喜爱和小朋友交流写作和学习的经验与体会，所以每当有中小学校邀请我去做讲座，我都会欣然前往。在深圳南山区一个小学做讲座时，我收到了一个小朋友的纸条，上面歪歪斜斜地写着：看什么样的书可以写出好作文？当时因为安排的时间很紧，就没有回答这个问题，但我一直保留着这张小纸条。我想，这样的问题很多小朋友一定都问过。记得小时候，自己也向老师问过这样的问题，那时候多么想通过读几本书，就能解决写作文的问题呀！

　　在回答这个问题之前，我想分析一下这个问题背后的心理。问这样问题的人，我认为都有一种想走作文捷径的愿望。作文有没有捷径呢？肯定没有。是不是读了几本教你写作文的书就会写好作文呢？也不是。你也许会反问：如果读几本书也解决不了写作文的问题，作文书有什么用呢？如果你这样问的话，就有点急躁了。写作文有方法，比如多读书，尤其是课外的文学阅读非常重要。如果你不读书，没有一定的阅读量，你的语言感受能力和对文学内涵的感悟能力，肯定难以一下子提高。不会感受，不能感悟，怎么谈得上用文字表达呢！当然，多读书，也不是说你读书的数量多了，写作能力就提高了；多读书，不但指的是你要经常读书，把课外阅读变成你的一个良好生活习惯，把课外阅读当成你日常生活的一部分，而且还需要你在读书时专注、思考，如果你不专注，不认真思考，那么你读得再多，也没有消化好书中的精华，没有吸收书中的营养。记得小时候我特别爱读书，尤其喜欢读《儿童文学》《少年文艺》和一些少儿报纸上的精短文章。读的时候一边领会文章里的思想内涵，一边在想：要是我也能写出好文章在报纸杂志上发表就好了！我经常这样想，这就驱使我模仿着去写作，我记得自己曾经模仿过严文井的《小溪流的歌》写过一篇歌颂小溪流的小短文，还投给了长沙的《小溪流》杂志。在作文课堂上，我总想写得比别的同学好一些，总希望得到语文老师的表扬。这种羡慕的心理鼓舞了我，激发了我，让我在每一次写作文时，都挖空心思，绞尽脑汁。由于每次我都很认真地对待作文，而且总想写出达到发表水平的文章，后来终于获得了语文老师的肯定，我的作文经常被点名表扬，还被当作范文在作文辅导课上朗读。

上面我讲的这些，其实并没有跑题，你想想看，作文怎么也不会无缘无故地变好呀！当然说到读书，我建议你要选择适合自己阅读的好书，当然这些好书也包括一些优秀的少儿刊物。我不赞成少儿去读大部头的名著，厚厚的几十万字的小说，你没有那么长的时间去细心阅读，而且你也不可能在这么厚厚的书中耐心地寻找你需要的营养。很多人读长篇小说都是为了消遣，而且长篇小说那么长，要写得引人入胜，就要在情节上下功夫，因此这就意味着你可能在读长篇小说时，仅仅是跟着情节走，而不是跟着思想走。当然，写好作文，还有必要读读别人写得好的作文，比如一些作文杂志上刊登的同龄人的作文，比如少儿报刊上刊登的同龄人的习作，都值得去读读，去学习。学一学别人是怎么表达内心感受，学一学别人是怎样描述事物，学一学别人是怎样描绘景色，学一学别人是怎样抒发情感……这些对你来说，都是必要的。如果你想写好作文，又不想去读别人的文章，又不想去学习别人，我想那是不可能的，除非你是天才。

但你要知道，天才生下来的时候，和你一样都是不会说话、不会走路的小婴儿。天才也需要学习，才能把天才的成分放大，才能真正变成天才式的优秀人才呀。所以说了这么多，我都在强调一点：写作

散落的书叶

文是需要读书的，需要读一些适合你读的文学作品，也需要读一些同龄人写的作文。所谓有比较，才有鉴别，读别人的作品，至少可以发现自己写作还存在哪些差距。

　　读也好，写也好，最终要落实到写上面来。如果你不常动笔，你不多练笔，怎么能写好呢？你说你阅读量很大，你说你写作水平很高，如果你不写，也写不出来，别人也不会相信你。

别让 iPad 引发自闭症

出门参加一些聚会，总会看到一些妈妈带着孩子，让孩子玩iPad，而且大部分情况下，孩子一般是各自用 iPad 玩电子游戏，顾不上和别的孩子玩。每当看到这种情况，我就为孩子们担心。因为家庭聚会，本来是几家孩子一起玩耍的最好时机，家长却用 iPad 剥夺了孩子与同龄人交流的机会。

现在一些学校用 iPad 作为教学工具，我个人不是很赞同。iPad和手机都属于新媒体，它的主要功能是信息传播，不是知识教育，更不可能达到性格和人格的健康培育，因此一定要给 iPad 一个正确的定位，千万不要想当然地认定它是一个学习的好帮手。

家长和老师首先要认识到 iPad 可能给孩子带来的几个负面影响：第一，孩子使用过多，会造成近视和散光，同时过长时间地低头弯腰使用iPad，会引起身体疲劳，甚至引发颈椎病和腰脊病。第二，过多地使用 iPad，也会造成对 iPad 的依赖心理，让孩子不善于与他人交往，也不太愿意与他人交流。已经有研究表明，iPad 和手机等电子产品会增加孩子的孤独和孤僻心理，甚至会引发孩子的自闭症。第三，iPad 替代不了书本，即使是 iPad 里有电子图书，这种电子阅读也无法取代纸质书本的阅读。纸质书本阅读是需要人一个字一个字、一行字一行字、一段话一段话、一页一页来慢慢翻阅的，电子屏幕虽然也可以翻阅，但跳跃和闪亮的荧光屏很难让人心灵安静。某种程度上说，用 iPad 和手机等电子媒介来阅读更像是玩，而不是读。

此外，从传统的角度看，教育需要言传身教，也就是说，一位老师要影响他的学生，言传身教是最基本的。过多地借助电脑、网络、iPad 和手机等工具，而忽视教育中人的作用，可能会使教育误入歧途。

因此，我建议学校和家庭把 iPad 当作玩具和信息媒介，不要把 iPad 当作学习手段和学习平台。iPad 既然出现在我们的生活中，无视它不可能，杜绝它更不可能。因此要把它的功能理解好，把它作为信息工具的价值找到，就不会随意用它来替代纸质书本了。

成长主要靠自己

　　每年入夏时，都是家长们最心焦的季节。小升初，很多家长到处奔波，想方设法要让孩子进名校。初升高，很多家长比孩子还急，他们多么渴望孩子能考上名校呀！即使考不上，无论如何也要托八大姑七大姨让孩子上个名校。

　　在北京，很多家长都希望孩子进名校学习，有的名校、重点中小学，需要 10 万元甚至 20 万元的赞助费。还有很多的家长为了让孩子进名校，让孩子很早就进名校办的高价"蹲坑班"，还有的不惜托关系，找人情，拼命挤进名校、重点校。记得女儿上幼儿园大班时，就有朋友问我："谭旭东，你女儿马上要上小学了，你打算送她到哪所小学学习呀？"我明白朋友的意思，他以为我一定会把女儿送到北京的一流重点小学去读书。事实上，我并不赞同这种做法。

　　我家住在石景山区，一些重点学校经常邀请我去做讲座，也算是他们很看重的专家。按说，我女儿上个西城区或海淀区比较好的重点小学是没有问题的，但我没有这么做。我是这样想的，如果女儿到西城区或海淀区的重点小学去读书，意味着我们一家人要去租房。不租房的话，开车接送，那她每天早晨就要提前一个小时起床，而且晚上会晚一个小时回家，这样的话，对女儿的身体健康不利。我觉得小学时，一定要保证睡眠，节奏不要太紧张。我让女儿去读石景山实验小学，离家近，走路半个小时，开车十分钟。女儿每天七点起床，吃完早餐去上学，七点四十之前一定会到校，很从容；而且下午放学回家也方便。遇到我和爱人有事，女儿自己坐公交车回家也很快，十几分钟即可。我觉得让女儿上石景山实验小学是一件一举三得的好事：第一，离家近，学校不算太差，孩子生活学习方便，家长照顾成本低。第二，给孩子的学习压力不大。现在很多名校和重点小学，之所以教学质量靠前，是因为学校的老师给学生布置的作业多，而且考试压力大。我不赞成这种应试教育。过分的考试压力，题目做再多，对孩子是没太多好处的。因此，让女儿就近入学，反而给家庭教育提供了更多的空间。第三，在孩子上小学时，家庭教育很重要。很多家长总觉得小学要靠老师、靠学校。其实，家庭里创造一个好的学习环境，让孩子养成好习惯，学校里的课堂教学对孩子来说很容易，做试题、写作业，都不会有难度。如果家庭里环境差，父母对孩子的学习不用心，只是一味追求成绩，一味苛求学校，孩子的学习肯定抓不好。而且孩子会觉得父母没有教育能力和教育智慧，也会不太尊重父母的。

当然，父母为了自己的面子而拼命让孩子进名校，那更没有必要了。孩子的成长需要父母真正的关心，如果孩子学习成绩好，就觉得有面子，那孩子不但有压力，而且长大一点可能会有叛逆情绪，学习反而可能达不到父母所期待的目标。

我对女儿说："成长主要靠你自己。爸爸希望你能学得快乐，学得轻松。"

攀比让孩子很受伤

我是很反对家长把自己的孩子和"别人家的孩子"相比的，说句不好听的话，"别人家的孩子"再好，也是别人的。父母一定要看得起自己的孩子，要对自己的孩子有信心和耐心，才能让孩子不受心灵的伤害。

我有一个朋友，夫妻事业都很成功。丈夫是一所著名大学的教授，她自己呢，本来也是大学老师，十多年前下海经商，开了工厂，做了公司，发了大财，在北京有多处大房产，可谓衣食无忧。但她对女儿的教育并不算成功。

她女儿琪琪现在读高二，在北京一所不太起眼的三流高中上学，学习成绩不太好，而且有些叛逆，不愿意听她的话。我们两家人聚会，每次她和我们说话时，她女儿都会表现出不以为然的态度，甚至还会经常呛她，让她在我们面前很尴尬。

为什么会出现这种情况呢？我发现了一个小问题，每一次我们谈到孩子时，她总会说她女儿哪里哪里不好，别人家的孩子谁谁谁都好。有一次，她问我："谭老师，毛毛最近芭蕾舞跳得怎么样？上次那舞蹈比赛获奖了吗？"我点了点头。没想到，她紧接着就说："我们家的琪琪就是懒，以前让她学跳舞，没跳几次，嫌累，就不愿意跳。现在好啦，既不会唱歌，也不会跳舞。"天哪，她说这话时，琪琪就坐在她身边，可想而知，已是大姑娘的琪琪当场就很愤怒，起身就要离席。我赶紧拉住琪琪，请她不要生妈妈的气。琪琪坐了下来，陪我们一起吃了一顿饭；但后来再没说过一句话，也不正眼看她妈妈一眼。我和爱人、孩子也在僵局中度过。

这种情况其实在很多爸爸妈妈和孩子的聚会中经常发生，有些爸爸妈妈总习惯性地把自己的孩子和别人的孩子比，尤其是把自己的孩子和别的所谓"优秀的孩子"比。特别是一些妈妈，总喜欢把自己孩子的缺点和别的孩子的优点比。这种比较很伤孩子的心，而且很容易挫伤孩子做人做事的积极性，也容易伤孩子的自尊心，使孩子在别人面前没面子，在家里没尊严。每一个孩子都有自己的长处，都有自己的缺点，爸爸妈妈应该首先看到自己孩子的优点，及时加以鼓励，加以支持，使孩子及时获得家人的信任，这是很重要的。家庭之爱，父母之爱，不只意味着爸爸妈妈给孩子吃好的、穿好的、用好的，物质的丰富并不能取代精神的鼓励和情感的交流。会做爸爸妈妈的，应该在孩子很小时，就善于发现孩子的优点，同时给予充分的信任。孩子面临困难和问题，要想办法帮助他解决。孩子有了缺点不可怕，帮助他树立信心，改正缺点，那才是最令人感动的。处处拿自家孩子和别人家的孩子比，会让孩子感觉到家庭没有温暖，父母缺乏爱心，也会使孩子更加容易走到对立面去，更加反感，更加叛逆。

青春期，很多青少年容易产生叛逆心理，很大程度上就是对长辈的不信任，而这和家庭教育有很大关系。通常父母不尊重孩子，不细心地呵护孩子的自信心和自尊心，不保护孩子的独立性，孩子就会走到父母的对立面去，孩子就会成为父母眼里"没救的孩子"。做父母的一定要善于和孩子交流，观察孩子的生活，理解孩子的处境，遇到问题时要为孩子多多考虑。那样的话，孩子不会是家里的反骨，更不是父母焦虑的对象。

攀比让孩子很受伤

父母有时很无辜

当父母在孩子面前说"别人家的孩子"怎么样怎么样时，孩子非常反感，甚至会暴跳如雷。

前些日，从媒体上看到，南方一座城市，一位高一女生离家出走，就是因为她母亲老拿她和邻居家的女孩子比，认为邻居家的女孩子各方面都好，而自己家的女孩则学习不好，又不听话不懂事，天天唠唠叨叨。有一次，期末考试，女儿考得不好，母亲大声责备女儿，说："邻居家的女孩为什么考得那么好，你为什么考得那么差？真没出息！"结果，当天晚上，女孩就离家出走了，害得父母到处找，多亏热心人帮助寻找，才把离家出走的女儿找回家。

可笑的是，这位母亲面对记者的提问，还一脸无辜，似乎女儿离家出走不是她的错。这位母亲可能还觉得自己责备女儿没有错，可能还觉得孩子就是要给父母亲训斥的、教育的。她不知道，女儿也有人格尊严，尤其是她都是高中生了，即使不说尊严，至少也要面子呀。难道她女儿不想学习好吗，不想变优秀吗？

一般青春期处于心理断乳期，父母和孩子之间的沟通和交流是非常必要的。如果父母不能比较平等地对待孩子，不能尊重孩子的个性和习惯，孩子就很难和父母说心里话，遇到问题也不愿意告诉父母。这时候，家庭就会出现严重的代沟现象。和一些家长交流，我有一个体会，一般父母对孩子很关心、平常相处很融洽的家庭，孩子好习惯的养成也容易，学习也不会太差，性格也比较开朗。往往是那些不关心孩子日常生活、不顾及孩子成长的感受的家长，会让家庭气氛很僵。孩子不听父母的话，加上父母不注意自己的言行，于是，孩子也难以养成好的学习和生活习惯。

其实，家庭教育是需要智慧的，并不是你生了孩子，就有资格做父母；也并不是你给了孩子足够的物质条件，就有能力做父母。做父亲做母亲，都要有方法，有智慧，尤其需要有正确的爱。所谓正确的爱，一不是溺爱，纵容孩子的坏习惯；二不是打骂孩子，用严厉的方法来压抑孩子；三不是取代孩子的角色，在很多方面越俎代庖，让孩子成了生活中的边缘角色，而不是主角。正确的爱是及时对孩子的好习惯、好行为进行肯定和鼓励，关注孩子取得的任何一点点进步；同时，发现孩子有了问题，要帮助他们及时解决或改正。不仅如此，父母还要给孩子独立的生活空间和思想空间，尤其要让他们保留自己的私人空间，不要随意去打探孩子的"私事"，让孩子成为自己生活的主角。

如果你动不动就说"别人家的孩子"怎么怎么样，不但达不到教育激励孩子的目的，反而会让你的孩子觉得父母缺乏智慧、家庭缺乏爱。到了那个时候，做父母的还觉得无辜，那就是十足的愚蠢了！希望父母在家庭教育中，不要犯这样愚蠢的错误！这样的错误一犯，代价其实很大很大。青春期是人生最美妙的季节，细心呵护孩子的青春，用正确的爱来激励孩子的青春，收获的一定是了不起的果实！

呵护孩子的童心

现在孩子面临一个早熟的问题，很多家长很焦虑。洋快餐和社会流行文化以及电子文化，都容易催孩子身体和心理早熟。如何呵护童心，让孩子的童年期不受成年人文化的干扰，是值得我们关注和研究的。

我个人的体会，要呵护童心，保护孩子的童年，需要家庭和学校一起努力，尤其是做父母的，一定要用心，要以实际行动来关心孩子。

第一，父母多和孩子一起做游戏。现在，一些父母太关注孩子的学习成绩，喜欢给孩子报很多课外学习班，却忽视了孩子需要游戏。童心烂漫，孩子是需要游戏的。孩子有游戏心理，也很喜欢玩游戏。在玩游戏的时候，孩子的童心和想象力能得到充分地释放和张扬。孩子的游戏包括两个方面：一是父母和孩子一起做游戏，让孩子感受到家庭的温暖和父母的关爱；二是让孩子和同龄人一起做游戏，让他们在游戏中学会互助、合作、包容，让他们在游戏中学会观察、理解和创造。游戏是童年的快乐，没有游戏的童年是枯燥乏味的。

第二，父母多给孩子提供优秀的童书，做好亲子阅读。现在，不少父母带孩子吃喝很舍得花钱，但总觉得买书划不来。这是一种偏见，也是一种误区。优秀的童话、童诗和绘本，都是很适合孩子阅读的，而且父母给孩子读好书，父母和孩子一起读好书，家庭氛围温馨，亲情洋溢，对孩子本身就是情感和审美的熏陶。此外，读好书，尤其是读优秀的童书，本身就是一种自我教育。读书时产生的移情作用是潜移默化的，而且读书本来就是一种文字游戏。儿童不只是喜欢活动和游戏，还会喜欢文字游戏的。

第三，父母要尽可能地让孩子远离电子游戏。现在很多孩子迷恋电子游戏，有些父母也不能充分认识手机、平板电脑的负面作用，尤其是不注意引导孩子正确使用电视和网络。电子游戏很吸引人，但对孩子的视力伤害很大。孩子一旦迷恋网络聊天和电子游戏，就会变成"电子人"，眼睛紧盯着电子屏幕，也会变成所谓的"电子眼"。这不但可能导致孩子形成孤僻性格，还直接导致孩子不爱读书，不爱上学，上课不专注，缺乏良好的学习、生活习惯。

童年期是人的生命的奠基期，一切好的行为习惯，包括语言的习得、性格的养成和精神的建构，都与这一时期的家庭教育密切相关。每一位父亲或母亲都希望孩子健康成长，都希望孩子有童心、有爱心，学会做父母，用心给孩子一个真正的童年，是值得我们每一个人切实努力的。

每一个人都像一颗种子

有一天，女儿问我："爸爸，我到底算是哪里人呀？"我说："你就是北京人呀！"的确，从户口来看，女儿就是北京户口呀，当然算是北京的居民。

但女儿这么一问，我心里明白，她是对自己比较复杂的出生成长地有些不能理解。她出生时，是在外婆家里，那是安徽的全椒县。但女儿出生时严格来说是属于黑户口，因为那时候我在读博士，她妈妈在苏州大学读硕士，我们两个人都不是哪一个单位的正式员工，所以女儿没法落户，只好让女儿的户口落到了湖南老家。到女儿五岁时，在北京上学要正式户口，我才觉得要赶紧把女儿的户口转过来。那时候，我和她妈妈都进了北京的大学教书，户口都落在石景山区，但因为各种原因，把女儿的户口从湖南老家迁过来，可以说是费了很多劲，也亲身体验到了有关部门的低效率和个别工作人员的恶劣态度。

女儿班上的同学大部分都出生在北京，也有一部分是父母亲属于没有北京户口的"北漂"。像我女儿这样，出生地、初始户口所在地和现在户口所在地属于三个不同地方的孩子很少，所以每次女儿介绍自己的出生情况时，都不知道该怎样准确表达。她问我她到底是哪里人，我告诉她是北京人，但我又觉得这样不太准确。所以，有一天，当女儿再次提到这件事时，我就告诉她："你很幸运，你的幼年在好几个地方生活过，等你长大了，你就有好几个故乡呢。"

我还告诉女儿，我和她妈妈为什么要从安徽跑到北京来。我对她说，每一个人都像一颗种子，都要被理想的风吹到很远的地方，也许是在另一个遥远的乡村，也许是在遥远的都市。种子落下来，然后开花结果，长成大树，结成硕果。虽然种子长大了，变成了伟岸的大树，它却离不开养育它的泥土，它的根还深深地扎在泥土深处，吸取着地底下的营养元素。

　　我也告诉女儿，通常，人们把养育自己的土地叫乡土，而离开乡土的生命叫游子。不管怎么叫，每一个人都离不开自己的根，都不能忘记自己的故乡和亲人，都不能把爱遗忘。

羊年的惊喜与愿望

　　今年是羊年，突然有很多感想，因为今年女儿十二岁，迎来了她的本命年。一个小小的生命，经过了十二年的精心呵护，已经苗壮成长为一个聪明伶俐的女孩。

　　记得十二年前，那时候我正在北师大攻读博士学位而爱人也正在苏州大学攻读硕士学位。此前，我们俩都在安徽，为了改变自己的生活、工作环境，决定一起考研、考博，她考上了苏州大学，而我来到了北京师范大学。为了学业，为了理想，为了改变自己的生活，我们不得不两地分居。但 2002 年那个暑假，可能是不小心，我们没有有效避孕，爱人怀孕了。怎么办？她是在读研究生，按说要么流产，要么休学，给我们两人的选择是很残酷的。当时，要好的一个朋友还劝说我们放弃这个小生命，说羊年生的孩子命不好，要生就生个虎子或者龙女；但我决定还是要留住孩子，我对爱人说："我们要把孩子生下来。"于是，第二年夏天，也就是 2003 年那个羊年，女儿来到了人世，成了我们生活中最重要的一部分。当时，因为条件限制，我们没有固定的居住地，女儿只得由外婆照顾；女儿也没法落户，只好把她的户口落到了我的老家湖南。

　　2004 年，爱人从苏州大学硕士毕业，我在北京租好了房子，让她带着女儿来到了北京。于是，我们开始了由"北漂"到正式的北京人的生活。起初来北京时，女儿才一岁多一点，我们租住在北师大附近一个社区的一居室里。我一边读书，一边给各种报纸杂志写稿，同时搞一些创作和研究，生活的清苦可想而知。女儿小的时候，我们都是在金五星这样的普通市场给她买衣服，她上幼儿园前，基本是穿开裆裤，喝的牛奶也是天客隆里最普通的三元牛奶。我们从来没有给女儿买过高档的糖果和水果，她和社区里最普通家庭的孩子没什么两样。我和爱人的生活也很简朴。那一年冬天，妈妈从老家来帮我带女儿，我们一起在北京过的春节，好像我没买什么像样的糖果和肉类，大年夜我们吃的还是大白菜煮面条。爱人准备了一大盘糖果，也是一些普通的奶糖之类。虽然生活简单，但我们一家人还是很快乐，爱人尽量克服困难，不给我压力，支持我做研究。白天，她大部分精力都在和妈妈一起照顾女儿，但也抽出时间做些翻译，同时也给文化公司做些校对；晚上，等女儿睡了，她还在攻读历史学的学术书，准备考北师大历史学院的博士。我白天要到北师大听研究生课，或者到校团委办公，或者参加一些文学活动；每天女儿睡了，我就坐在电脑前，写呀写呀……现在想起来真是奇迹，从 2003 年开始，差不多每年我都会在《人民日报》《光明日报》《文艺报》《中华读书报》和《中国新闻出版报》等十多家主流报纸发表几十篇评论，而且还在《儿童文学》《少年文艺》和《少年月刊》等几十家少儿报刊发表大量童诗、小散文和小童话等作品。可以说，我们基本上能靠稿费生活。2004 年和 2005 年，范咏戈主持《文艺报》时，创办了"少儿文艺"专刊，我有幸被聘为主编，在那里做了近一年的编辑工作，使该专刊在初创之时，就有了很大的影响力。之前，2002 年 12 月，还是研究生的我，被学校任命为校团委副书记，分管学生社团。我既要顾家顾孩子，又要读书攻学位，还要做编辑做评论与创作，算是一位"拼命三郎"。多亏那时年轻力壮，体力很好，同时做这么多工作，竟然也游刃有余。记得女儿出生后不久，我不但出版了多部创作和理论著作，还经常参加一些重要的文艺座谈与研讨活动，也不时被中国作家协会外联部邀请参加一些接待外国作家的活动。当时，很多文学圈内的人认为我很红火了，一定会成为大权威，不少名家出书也请我写评作序。其实，我做文学创作和评论，真的只是喜欢，对名利并无什么野心与追求，至于能否进入主流文学圈，我也根本没想过。

不过，女儿渐渐长大，到了上幼儿园的时候，已经像小天使一样，每天围在我和爱人的身边，很乖巧、聪明。爱人经常给她读书、讲故事，还带她参加一些亲子游戏，她的表现都非常好。社区里的人见了，都说她长得很可爱，像樱桃小丸子。2006年，女儿满三岁，我也正好博士毕业了，拿到了学位，爱人也进入了北师大历史学院攻读博士学位，生活开始走上了正轨。我的创作与理论研究也有了很大的起色，于是，我来到了北方工业大学，在新创办的中文系任教。到了石景山区，不再需要租房子，学校安排了过渡房，女儿也进了区里的实验幼儿园，我们一家终于有了一个像样的住所，有了安定的感觉。过了一年，我们又买了房子，再后来，我们一家搬进了新居，也有了车。女儿渐渐长大，成了石景山实验小学的学生。来到北方工业大学任教的几年，我的创作和研究也进入了佳境。当然，也是因为有了女儿的启发，我写儿童文学作品更有感觉了。有时候，我写了篇童话，或者写了篇散文随笔，都会让女儿读一读，听听她的意见，她说可以、还行，就是对我的鼓励。这几年，我逐渐转向语文教育研究，关注儿童阅读，关注家庭教育，也与女儿有关。在陪伴女儿成长、引导女儿成长的过程中，我开始研究幼儿教育和语文教育，也关注家庭教育问题，因此，多有心得，写了《享受亲子阅读的快乐》《让书香润泽童心》和《呵护童心》等著作，引起了语文教育界的较大关注，这也是女儿给我的学术启迪。

很多人有了孩子，不太关心孩子，不太在乎孩子的成长，对孩子了解很少。做了爸爸后，我的一些观念有了转变：第一，我觉得家庭幸福比什么都重要。过去，传统的事业观就是要有好工作，要当官发财；但我觉得现代事业观里，应该包括做好爸爸、做好妈妈。家庭幸福也是事业成功的一个重要标志。因此，搞好家庭教育，培养好孩子，让孩子健康向上地发展，也是一种成功。第二，我觉得做父母的，不要把哺育和教育孩子当作苦差事，其实，孩子也在启发和引领我们。当我们用爱心和责任来呵护孩子时，也是在更新自己，也是在实现自我的成长与蜕变。所以做父亲以后，我认真阅读了很多儿童教育理论书籍，提高自己的素养，以便更好地教育和引领孩子。同时，我也很少参加社会活动，尤其是各种文学研讨会了，腾出时间陪伴孩子，带她参加社会志愿服务等活动，做家务，和爱人一起聊天、散步、喝茶。事实上，这种努力很值得，我和女儿的关系非常融洽，我们的家庭氛围也非常浓，亲子关系和谐，还被评为"首都和谐家庭"。

现在，女儿很快就要小学毕业了，她品学兼优，喜爱弹古筝和钢琴，还爱写作，发表了很多作品。她的合唱、绘画、舞蹈和作文多次获奖，而且体育成绩也很好，年年都是区级三好学生。

身边还有人说，羊年生孩子不好。也有人说，羊年的孩子是吃草的命。我就会对他们说：这种传统的古老的算命法很荒唐。一个人无论哪一年出生，要想有所成就，能够做出成绩，都要靠自己的努力，不能靠算命。2015 年是羊年，是女儿的本命年，我有了很亲切的感觉。属羊很好，羊很温顺，也很勤劳，还很智慧，羊也是很美的童话形象。我喜欢羊年，喜欢羊年的孩子，也希望本命年的女儿更加健康，更加快乐，更加让我惊喜！

为孩子多编好书

这些年，我编了不少童书，得到很多小读者的喜爱。

我编过的童书名类比较多，最有影响的有几套。第一套《成长的书香》系列，它一共三辑，先后在黑龙江科技出版社和河北少儿出版社出版，主要收集我国当代儿童文学名家名作，都是按照文体分类来编的，包括了儿童小说、童话、儿童散文、诗歌、寓言和科幻文学等多卷。这套书出版后，读者反响很好。值得一提的是，最受小读者喜爱的两本，竟然就是儿童诗和儿童散文这两卷。可能市面上儿童小说、童话之类的书太多了吧，出版社一般都不爱出儿童诗、儿童散文集，认为不好卖、不挣钱。其实，很多孩子爱读诗，也爱读散文，只是一些家长和老师以为故事才有趣、孩子才喜欢，所以忽视了诗歌和散文。

我还编过一套幼儿文学图书，叫《为我的宝贝大声读》，河北少儿出版社出版后，也很受家长欢迎。为什么要编这套书呢？说起来，也很有意思。前几年，国内出版社引进了大量国外幼儿图书，尤其是图画书，可以说是占满了书店的书架，但这些书不适合朗读。很多家长希望出版社出适合给孩子朗读的书，且国外阅读教育也提倡大声给孩子朗读。可惜的是，我们国内出版界还没这个概念，而我女儿也正在幼儿园，需要有一套适合家长给幼儿朗读的好书。于是，我就主编了《为我的宝贝大声读》。这个书名也是想召唤广大家长的阅读意识，告诉家长，孩子需要父母给他们做亲子朗读。因为家长很认可，这套书出版了三个系列，第一个是按照0~5岁孩子的阅读需要，按照分级概念来编的，第二个是按照童话、童诗、儿童散文和儿歌来编的，第三个是出版了六位幼儿文学作家的个人作品集。

我还主编了一套《最能打动孩子心灵的世界经典童话》，是中国少年儿童出版社出版的。那套书包括了《小王子》《木偶奇遇记》《骑鹅旅行记》《青鸟》《吹牛大王历险记》和《小鹿斑比》等十本世界经典童话。记得当时责任编辑找到我，说想请我主编一套外国儿童文学的选本，我说还不如挑出最有影响最经典的重新翻译，做成一套书。编辑认为选题很好，我就查阅几本外国学者写的儿童文学著作，看看人家的著作里提到了哪些经典，再结合中国读者的认可度，最后定下了十部经典童话，并约请了几位年轻的翻译者和作家，参与了这套书。因为那套书开本做得大气，插图设计、排版都很精美，出版后，很受小读者喜爱。现在其中的《小王子》已经加印了十多次，而《青鸟》和《吹牛大王历险记》也加印多次。

市场上很缺优质的儿歌和儿童诗图书，我也特意选编了多部儿歌集和儿童诗选。《新中国，新童谣》是新中国成立六十周年之际，应湖南少儿出版社之约选编的一本童谣书，很多地方的教育局把它列为小学生推荐图书。我选编的《中华名家启蒙诵读》（新儿歌卷、经典童谣卷），由江西高校出版社出版，也很受小读者喜爱，其中的新儿歌卷收录了我国当代最有名的儿歌名家的新作，因此和市场上的儿歌集有很大区别，内容新鲜，贴近今天孩子的生活，语言也给人新鲜感。我选编的儿童诗集比较多，如《经典幼儿朗诵诗300首》《感动孩子的100首童诗》《中国最美的童诗》和《世界童诗金典》等，都是深受认可和欢迎的儿童诗选本。我选儿歌和童诗，初衷很简单：大家不太看好这些，认为它们不好卖，有不少名家只主编童话和儿童小说，而我自己很熟悉这些作品，广大儿歌作家和儿童诗诗人也都希望有人来做点推广工作，于是，我就有意主编了一些儿歌集和儿童诗选本。事实证明，市场需要，孩子们很需要，它们和别的图书一样，只要质量过关，就会受到小读者的青睐。

可能有人会想，你编这么多书，有质量吗？也可能有人会觉得，你编这么多书，发财了吧？其实，质量不是问题，因为我一直关注儿童文学创作，也对很多作家的作品很了解，而且我和广大作家都是朋友，有的还是我的老师，因此要选出他们的好作品并不难。其次，编书工作要求编者自己要多读书，要读懂作品，还要求编者有广泛的阅读量，因此，选编也是个苦力活，既伤脑筋，也花时间，不可能如人想的那样容易且很挣钱，说白了，选编挣的是辛苦费。另外，选本存在的意义是不可忽视的，今天，我们读到的唐诗宋词经典名篇，如果不是有人选编，是流传不下来的。编书也是一种文化传播，也是文学作品经典化的一个方式。很多作家也很理解编者，读者也很看重好的选本。

当然，之所以编童书，还有一个重要原因，那就是：现在童书出版貌似繁荣，但品种杂乱，良莠不齐。我和很多家长、老师打交道，他们说，在书店里看到琳琅满目的童书，但不知道哪些是好的。因此，我选编一些童书，也是想身体力行，做一点优化童书出版的事情。不过，效果如何，最终还是读者说了算。读者是智慧的，尤其是今天的孩子，不要低估他们的智力，不能忽视他们对美好文字世界的追求。多写好作品，多编好书，才能获得孩子的喜爱，才能得到读者的尊重。

让文学经典引领成长

　　儿童是成长的生命。如何让儿童的成长变得顺利，变得符合儿童的天性并且也符合成人的文化期待，是每一位家长都必须用心思考的问题，也是每一位关心儿童、爱护儿童的出版人和教育工作者用心思考的课题。儿童图书出版的主流应该是人文主义的，儿童图书出版应该以经典的文学作品来塑造儿童的阅读文化，让每一个儿童在经典的书香中学会感悟世界，学会理解生活，学会做人做事，学会感受美与爱。

　　新中国成立以来，我国少儿出版社为儿童读者奉献过许多精美的文学图书，如福建少儿社出版的《中国童话大师》系列，就是对叶圣陶的《稻草人》、张天翼的《大林和小林》、洪汛涛的《神笔马良》、孙幼军的《小布头奇遇记》、金近的《小鲤鱼跳龙门》和葛翠琳的《野葡萄》等上百篇现代童话经典的收集和整理。一些少儿出版社也收集和整理了鲁迅、周作人、丰子恺、冰心、老舍、萧红、刘大白、朱自清等创作的现代儿童小说、散文和童诗经典，让儿童读者享受本土的儿童文学大餐。还有出版社出版了《美丽的乔》《野性的呼唤》《黑骏马》《拂过杨柳的风》《狼孩莫戈里》《列那狐的故事》等西方经典动物故事，出版这样的经典是非常有文化眼光的，它们是美国著名作家玛格丽特·桑德斯、杰克·伦敦，英国著名作家安娜·西维尔、肯尼迪·格雷厄姆、罗德亚德·吉卜林和法国著名作家玛·

阿希·吉罗夫人等人的代表性作品，其中罗德亚德·吉卜林还是诺贝尔文学奖获得者，其他五位作家也是西方文学史中非常有地位而且影响至深的文学大家。他们的这些作品，笔者觉得与其他的西方文学经典相比，更不一般：它们既是属于儿童世界的"动物文学"，属于儿童文学的经典，又是得到广大成年读者喜爱的"西方正典"。这些作品都以动物为视角，刻画的是动物形象，展现的是动物的性格、情感、美德等堪与人性媲美的品质，它们有的是"散文体童话"，有的是"诗意小说"；有的是"丛林故事"，有的是"荒野的声音"；有的表达智慧与友爱，有的展示坚韧与美好……它们不仅仅是一般的大自然的文学书写，因为这些作品与其说是"写动物""写原野""写森林"，不如说是"写人"。也就是说，它们都有深刻的隐喻意义——作家借动物世界来展现人的社会，来展现人性，来表达普遍的生活哲学和人生命题。因此，这样的作品与那些完全写人的文学经典相比，更加给人新鲜感和惊奇感，更加富有艺术冲击力和情感震撼力。

近几年，为了更好地满足儿童的阅读需求，一些少儿出版社重版了西方文学中非常优秀也最具有代表性的儿童成长小说，如英国文坛泰斗狄更斯创作的《雾都孤儿》、瑞士著名作家约翰娜·斯比丽创作的《海蒂》、加拿大女作家露西·莫德·蒙哥玛利创作的《绿山墙的安妮》，还有美国著名作家白涅德夫人的《小公主》、埃丽诺·霍奇曼·波特的《波丽安娜》和马克·吐温的《汤姆·索亚历险记》。这些成长小说有的被拍摄成电影或电视在全世界播映，有的被翻译成五十多种文字风靡全球，有的还被制作成广受孩子欢迎的连环画和动画片，有的不但在儿童文学史上被确立为经典，还被列入《西方文学正典》而为很多文学史教材评介。这些成长小说的内容也极为丰富多彩。如《绿山墙的安妮》塑造了女主人公安妮阳光灿烂般美好的性格，其中对大自然以及乡村生活的诗意描摹使人神往；如《小公主》是一部灰姑娘式的儿童小说，讲述的是一位小女孩在被父亲托付给一家学院后的悲喜故事；如《汤姆·索亚历险记》讲述的是男

散落的书叶

孩子汤姆·索亚与他的伙伴为了摆脱枯燥的功课、虚伪的教义和呆板的生活而进行的冒险；如《雾都孤儿》讲述的是孤儿奥利弗忍受饥饿、贫困和侮辱之后，获得幸福生活的故事……这些故事多视角地展现了儿童的生活，尤其是苦难儿童的成长经历和命运归宿，表现了身处逆境或困境的儿童的阳光心灵，展现了他们的做人品格和他们的情感世界；同时也展现了丰富的社会生活内涵，让读者看到了成人世界的种种问题，理解了人与社会的种种关系。

少儿出版社出版的这些儿童文学经典，是对儿童课外文学阅读的极大支持。广大家长和老师都希望孩子得到经典的熏陶，那么，经典到底是什么呢？意大利作家伊塔洛·卡尔维诺这样定义过经典，他说："经典是那些你经常听人家说'我正在重读……'而不是'我正在读……'的书。""经典作品是这样一些书，它们对读过并喜爱它们的人构成一种宝贵的经验；但是对那些保留这个机会，等到享受它们的最佳状态来临时才阅读它们的人，它们也仍然是一种丰富的经验。""经典作品是一些产生某些特殊影响的书，它们要么本身以难忘的方式给我们的想象力打下印记，要么乔装成个人或集体的无意识隐藏在深层记忆中。""一部经典作品是一本每次重读都像初读那样带来发现的书。"人们常常用"一流的、优秀的、不朽的"来形容经典，之所以这样来形容和描述经典，是因为经典的确总在我们身边，它们经由我们的长辈传递给我们，在不同的时代它们都有着不可忽视的价值与作用。

儿童阅读中外文学经典有多方面的意义。

首先，文学经典是一个时代的证明和文明的表现。儿童阅读和亲近这些传递人类智慧的文学经典，会变得更加聪明，更加具有慧心。文学经典给予儿童的不仅仅是丰富的文化生活内涵，还包括想象力、创造力。

其次，经典是当代文学的标杆，也为当代儿童教育树立了坐标。很难设想，没有文学经典，语文教材和语文教育会是什么样子。让儿童课外多多阅读文学经典，是现代儿童教育和语文教育的方向，新的中小学语文课程标准就强调要加强课外文学阅读，要求中小学生有几百万字的文学阅读量。儿童自主阅读文学经典，也是在引领自己的成长，是在让自己走进充满活力与生机的美的世界。

第三，儿童阅读文学经典能提高教师和家长素质，因为儿童的文学阅读与教育还要求老师和家长具备一定的文学修养，尤其是要求老师与家长对文学经典有一定的理解与阐释能力，有了这种能力，老师和家长才能有效地指导儿童的经典阅读。

第四，儿童作为接受主体，本身的心理和人格的发展都需要文学经典的滋养。阅读心理学的研究也肯定了这一点，儿童阅读不但可以发展认知能力，还可以培养语言能力，提高自我发展的能力，并在儿童的社会认知和社会情绪方面起到不可忽视的作用。不过，现实生活中，由于儿童经济上没有独立，所以儿童的阅读权在家长和老师手中，在这种情势之下，我期待家长和老师们重视儿童的课外文学阅读，在儿童的课外文学阅读方面多投资。

要知道，当童心世界得到经典润泽之时，也是儿童成长得到真正引领之时！

让儿童文学走进孩子心灵

近几年，由于儿童阅读推广的深入，加上家长和老师都很重视儿童课外阅读，因此，儿童图书出版急速升温，儿童文学创作也越来越热闹，书店里摆放出越来越多精美的儿童图书。除了曹文轩、张之路、沈石溪、杨红樱等年龄比较大的一批作家不断创作和出版一些儿童文学作品外，还涌现出了一大批年轻的儿童文学作家，甚至在90后群体中也出现了一些具有儿童文学素养的作者。我一直比较关注儿童文学创作和儿童图书出版，和很多作者打过交道，也常有一些报刊约我写介绍儿童文学状况的文章，还认识很多年轻的作家，给很多新书写推荐语、序言和评论，对儿童文学心得多多。因此，我想，不能仅仅在书斋里做自己的事情，还应该为大家做点实在事，于是，我在专心于理论研究的同时，也介入图书出版，推荐一些优秀作家的作品，同时，自己也选编、翻译一些读物，并为孩子创作了一系列的童话、儿童散文和童诗作品。

在具体的儿童文学创作和编译实践中，我发现，中外儿童文学作品品种繁多，特别是今天的儿童文学创作队伍日益壮大，越来越多的爸爸、妈妈、教师积极参与写作，用文字和孩子对话，用真诚的品格融进童心世界，感动了很多小读者，让人颇受鼓舞。我觉得，就当下大多数儿童来说，他们最需要的不是物质条件，更需要的是心灵的关怀和人格的引导，因此这套《百部原创儿童文学丛书》的出版意义重大。青年出版人张海君和我是好友，去年，我们合作了一套《最贴近孩子的童话读本（20册）》，在吉林人民出版社出版后，这套书受到了广泛的好评，加盟的作家绝大部分是青年人，是近年来活跃于各少儿报刊的优秀作者，有的还获得过各种儿童文学和儿童图书奖，有的虽然是第一次出书，但审美创造力很强。今年，我们再次联手，推出百部儿童文学原创佳作、新作，就是要继续推动儿童文学创作和儿童课外阅读的发展，向读者展示：中国儿童文学队伍里，除了很多少儿出版社重复出版的老作家外，还有很多有价值也很鲜美的新作品，让广大作家认识到自身的文化价值，感受到写作的意义；并且通过这套书的出版，优化儿童文学的生态。

不知道大家感觉到了没有，目前的儿童文学出版存在一些很严重的问题：一是所谓名作家的作品被反复出版、重复出版，这其实浪费了出版资源，也对读者不负责任。如，我曾经看到一位作家的同一部作品同时在好几家出版社出版，这虽然不是作家的错，但重复出版不符合常理，也有悖于出版法规。二是外国儿童文学引进有些疯狂，书店里摆满了外国儿童读物，这其实是过度信任外国文化。我们的孩子喝多了洋奶，营养不一定就好，阅读还是要多元化，要中外营养都吸收，才可能更健康。三是出版社为了节约成本，在很多儿童图书制作上不用心，甚至使得一些读物给人粗制滥造的印象。这也是对读者的不负责任。当然，最可怕的是，现在不少儿童文学作品矫揉造作，是一种伪童心写作，作家假装孩子的角色，捏着鼻子模仿孩子的口气说话，缺乏真情实感，读完后，让人感到离孩子的世界太远，甚至背离了童心世界。这些问题如果不引起重视，一定会影响到儿童文学创作和出版的发展，会伤害成长的生命。

前些日，我应邀去汕头、揭阳、台湾、桂林和南宁做讲座时，收到了几位妈妈给我的纸条，她们问了这几个问题：如何培养儿童的阅读习惯？什么样的儿童图书是好书？中外儿童文学有什么差异？她们问的这些问题很有深度，也很难一下回答。我当时只是尽可能地说出自己的一些看法。通过这些问题能看出来，妈妈们很期待孩子的心灵世界得到优秀的儿童文学的滋养。那么，儿童文学如何走进孩子的心灵？这是儿童文学作家必须思考的问题，也是很多儿童文学读者很在意的问题。尤其是家长和老师们，他们都期待儿童文学能够真正成为孩子成长道路上的良师益友，他们对儿童文学怀着莫大的信任和关切。

以我的创作、编译和研究的经验，儿童文学一定要深刻感悟童心世界，对童年生命有深度的解读，才可能贴近儿童的心灵，才能感动今天的孩子。没有爱心，没有智慧，缺乏美感的文字，即使故事再讨巧，语言再花哨，也难以让读者有所回味、有所感悟、有所收获。美好的儿童文学一定包含了爱、关怀、悲悯、同情、理解、友谊、善意、宽容等情感的因素，一定有很新鲜的修辞，有很动人的形象，有很美好的想象，有富有趣味的情节或引人深思的结局。好的小说、童话是编出来的，但编的过程中，有很多复杂的因素在起作用，而不仅仅是技术。精美的诗一定是用心写出来的，没有发现美的眼睛，没有温暖的心灵空间，是无法容纳美好的事物的。

很感谢加盟这套原创儿童文学图书的作家们，你们用真诚美好的心和富有智慧的文字编织了一幅幅迷人的图画。相信读过这套书的朋友，一定能够从这些新鲜的作品里，得到诸多艺术的思想启发，感受到儿童文学的价值和阅读的乐趣。

让我们尊敬孩子

经常看到一些父母打骂孩子，而且有些父亲打孩子还挺狠的，每当看到这些，我就为这些父母亲感到特别悲哀，也很同情那些受父母亲暴力打击的孩子。

我是一位儿童文学作家，我感觉每一位儿童文学作家都热爱孩子，如果他不热爱孩子，不能用坦荡的胸怀来对待孩子，不能用诚实的语言和孩子交流，不能用温暖的手牵住孩子，那他就没有资格获得孩子的尊敬，也没有灵感来为孩子写作。

真正的儿童文学作家都是大孩子，都是保留了美好纯真和童心世界的人。优秀的儿童文学作家总会想办法让孩子知道他的幻想不只是童话，他的生活不只是小说，他的性情不只是诗歌；而且会尽可能地让别人知道，他是一个能够平等地对待孩子、能俯下身来倾听孩子的人，他对待孩子态度坦诚，他对孩子自我成长的智慧充满信心，他相信每一个孩子都能创造奇迹。

如果你想成为一位快乐的作家，就要多多牵住孩子的手。孩子的手，小小的，软软的，温温的，像一棵棵小树，也像一片片幼嫩的叶子。如果你想成为一位幸福的作家，就要多看看孩子的眼睛。孩子的眼睛，黑黑的，大大的，亮亮的，孩子的眼睛像玻璃球，能折射复杂的世界，能发出希望的光芒。

孩子是哲学家，太阳、星星和月亮，都插上了他思想的翅膀，宇宙里飞翔着他多彩的幻想。孩子是诗人，小花、小草和露珠都沾上了他空灵的品质，大自然的一切都散发着他心灵里透出的芳香气息。

　　喜爱写作的人一定是心怀美好的人，而喜爱写作儿童文学的人，一定是心地无比善良的人。一个心怀叵测、品行恶劣的人，没有资格获得孩子的认可；一个心地狭小、自私自利的人，不可能成为孩子的朋友。当你组装文字的魔方时，别为你玩弄的技巧而沾沾自喜，孩子的嗅觉非常灵敏，一点点矫情的气息，他们都能够感受得到。

　　让我们尊敬孩子，敬畏那美好的童心。孩子是孩子世界的国王，成年人要学会做孩子世界的贵宾！

国学有必要多读吗

近两年，全社会掀起了一股"国学热"。在一批中国古典文学、哲学教授和历史学者的推动下，媒体大谈国学，专家议国学，小学和中学校园里，也有一批语文老师在倡导国学经典阅读。于是，出版社出版了大量的国学图书，网络书店和实体书店里也摆着各种版本的国学读本。这股"国学热"到底好不好，对青少年来说有没有必要如此声势浩大地提倡？我觉得值得思考。

首先，我觉得大家应该理解一下"国学热"的真实背景。其实，"国学热"并非是中国古典文学界、哲学界和历史学界主动提倡的，而是于丹、刘心武等人在央视《百家讲坛》讲《论语》《红楼梦》等之后，媒体大肆炒作，引发了讲史热、读史热和读古书热，然后出版社借机出版此类畅销书，形成了一个"国学热"的场面。可以说，古典文学专家、哲学家和历史学者们在"国学热"的推动中，并不是主动的力量，而只是被媒体、出版商推动起来介入国学经典的推广的。因此，从这个角度来看，"国学热"的形成并不完全是为了弘扬传统文化，更多的是商业行为。

其次，国学其实并没有必要专门提出来，更没有必要成为一门专门的学问或专业知识。我们小学、中学的语文教材里，本来就有古文，包括古诗词、古文、诸子言论和史传文学节选，这些本来就属于传统文化的一部分，而且也属于今天人们热谈的国学，因此，在小学、中学生里专门推广国学其实没有必要。小学、中学的语文教材在编写时，就考虑到了人文，如果语文老师能够在课堂教学中把已有的文言文进行精讲，就足以引领学生了解很多中国历史、哲学、文化知识。从这个角度来看，小学生也好，高中生也好，以课文精读为中心，再涉猎一些中外文学名著，就能提高写作能力、文学鉴赏能力，也能掌握一定文史知识。

再次，就高中生来说，课外语文学习的根本还在于审美和情感，一定量的外国文学名著的阅读是非常必要的，一是开阔眼界，二是培养较高的审美修养，三是培养较高的情商。大家都知道，目前无论是乡村中学，还是城市中学，初、高中生的考试压力很大，高考这一座独木桥，无论家长和老师再重视素质教育，也是绕不过去的，考试成绩不可忽视。况且重点大学要划很高的分数线，想进去，就得认真备考，所以高中生课外阅读也没有多余的精力来读国学经典。

不过，我不赞成小学、初中和高中的学生多读国学经典，一个重要原因就是国学经典里，传统的、理性的、教化的东西太多，容易束缚青少年的想象力。高中生的生命特质应该是幻想、梦想、激情、活泼等，那种过于老成的文化接受过多，反而违背生命成长的规律，何必一定要让今天的青少年再捧着古典的东西来完成自我成长呢？总之，相信高中生的智慧，他们有能力为自己选择合适的文化！

小作家张央乔

几年前就认识了张央乔。那是在北京举行的一次少年作家写作大赛的颁奖夏令营上，小小的央乔来到我的身边，让我为她签一个名。她告诉我，我曾经推荐过她的作品发表。后来，我们的联系多了起来，她妈妈和爸爸都和我成了好朋友，去年，她和她妈妈还到我家里来看我。央乔这个孩子，在我的心目中，就像自己的孩子一样了。

央乔很聪明要强，在学校读书很认真，也喜爱文娱活动，各方面都表现得很优秀。不过，她对写作最有兴趣，而且立志要当一名作家。我推荐过她的作品在《小星星·作文100分》《儿童大世界》等杂志发表，她的作文写得非常好，一看就知道她是一个善于观察、敏于思考的孩子。她的语言里有一般的孩子所缺乏的灵气。

央乔开始写作时，都是从生活中的小事物写起，描绘一些小动物，记录一些游玩的体会，或者讲述一些学校和家庭的小故事。慢慢地，她读的书多了，驾驭文字的能力提高了，"野心"也越来越大，她尝试写一些几万字的校园生活故事。收入这部书里的《瞧，这个班!》和《寻找蒲公英》就是长达四万多字的中篇，而且央乔的这两个中篇里的语言是那么鲜活，她笔下的校园生活是那么精彩。更令人惊叹的是，她竟然那么幽默，那么富有灵气，能够把儿童的精神展示得那么好! 从央乔的文字里，我看到了新新儿童生命健康明朗的格调和气质，也感受到了现代家庭里的人文氛围与和谐的亲情。央乔纯洁善良的品性和她美好真诚的愿望，在她的文字里是那么透彻地呈现出来，我想所有读了她的文字的人都会深有感触。

我一直把儿童的世界当作自己未来世界来期待的，但在现实生活中，很多成年人却是那么自私自利又是那么嚣张。很高兴的是，央乔有一个幸福温暖的家，有来自爸爸妈妈的细心呵护，还有老师的培养。我想，央乔身上的阳光气息，是亲情和友情融合起来的，这也说明她内心里有一种向上求美的天赋。我希望她永远阳光明媚，永远保持这种清澈的生命质地，永远拥有快乐和美好的心情！

前两天和央乔的妈妈通电话，她妈妈说央乔又获得了全国少年作家写作大赛的一等奖，并且独自一人来京领奖并参加夏令营。我对央乔又增添了一分喜爱和佩服。小小年纪，有独立思考和独立行动的能力，而且写作不断迈上新台阶，这是好的兆头，是好的开端！相信央乔会取得越来越多的好成绩！

央乔这部书取名为《寻找蒲公英》。这个书名很好，蒲公英是儿童生命最亲近的大自然之物，因为自由飞翔的蒲公英承载的就是儿童的幻想、儿童的愿望、儿童对外部世界的美好憧憬，因此《寻找蒲公英》的含义就赋予了这部书特别的价值，它给我们提供了一扇窗，一扇洞察儿童生命本质的窗。央乔用文字来"寻找蒲公英"，其实上就是要勇敢地寻找生命的真谛，发现生命的本体意义！

央乔是个了不起的孩子！是一位聪慧的少年作家！

小作家张牧笛

　　中国小作家协会成立，我有幸和严文井、袁鹰、曹文轩等大作家一起担任其主席团的委员，还被邀请担任小作家们的写作指导老师。《儿童文学》编辑部和小作家协会的负责老师考虑到我是一个文学博士，是创作和理论两栖型的，就让我担任来自北京的小作家们的指导老师。他们说，北京的小作家水平高、要求高，需要一个有耐心且有很好专业素质的人指导，于是我就成了三十名北京小作家的文学指导老师。牧笛做我的学生纯属偶然，因为她当时在天津一所铁路小学上学，不属于北京范畴。那她是怎么被分到我的名下来的呢？后来我好奇地问过小作家协会的秘书长金本老师，他告诉我，因为牧笛已有很好的写作基础，发表过作品，她的写作要求也会高一些，所以他们觉得把她分给我比较恰当。

　　果然，牧笛的写作已经达到了较高水平，她不断地通过电子邮件将自己的习作发过来。她写童话，写故事，写散文，写日记，写诗。她的文字非常清新，她的情感非常透明，从她的每一篇习作都可以看出来，她对文学世界是有着天生的颖悟的，她的内心世界温柔细腻，她的想象力非常丰富，而且她是一个典型的幻想型女孩子。我记得她最早给我留下深刻印象的是她的一首诗《还记得那条小河吗》，那是一首关于友谊的小诗，语言素淡，意境清新，值得一读。"小河"这个中心意象串起了"思念"的情感，"小河"在诗中也象征着距离，象征生命成长的过程。还有一首《人不长大该多好》也非常棒，这首诗的语言具有音乐美，押韵很严谨，看得出来，作者确实具有很好的语言素质。后来，我又读了她发来的大量的诗作和打印好的作品集，她真的可以说是一位诗人了！我觉得自己应该尽力帮助她、鼓励她，于是推荐了她的诗作在《中华活页文选》《儿童大世界》和《儿童文学》等处发表。牧笛自己也很勤奋，敢于投稿，参与各种写作比赛，也获得了不少全国大赛的金奖。很多报刊，如《东方少年》《中国少年报》《红领巾》《少年文艺》等报纸杂志都将她列为重点作者加以培养，今年《儿童文学》第二期还在"文学佳作"栏目里刊发了我推荐的组诗《你说我是一朵黎明的花》，我还写了简评。要知道，这个栏目过去一直是国内儿童文学名家的园地！一个初一女孩的诗能登上这里，很不容易，靠的是实力！我还推荐这组诗参加了首届"小作家杯"儿童文学评奖，结果她成了两位金奖获得者之一。最近我为北京少儿社选编了一本童诗集《感动孩子的100首童诗》，我是从20世纪"五四"至今的儿童诗佳作里来挑选的，时间跨度是一个世纪，牧笛的《人不长大该多好》也入围，她是这部诗集里年龄最小的诗人。

由牧笛，我想起了当年天津出了一个小小女诗人田晓菲，如今她已经成为一个国内外文学界颇有知名度的学者。牧笛今天的诗并不亚于当年的田晓菲，也不亚于我们许多成年诗人，我盼望牧笛健康快乐地成长，全面地发展，将来也成为一个学者，一个可以让人一直敬佩而喜爱的学者！

美好的抒情

最近读了不少诗，尤其是一些名家的诗，发现一个值得注意的问题，那就是，不少诗人写诗，要么太看重修辞，要么太看重经验。太看重修辞的诗，往往写得比较华丽，或者语言比较矫揉，玩了些语言的技巧，但情感流露不自然，诗人主体内在的东西很含混，甚至令读者难以捕捉出诗人写作的基本动机。太看重经验的诗，往往写得太写实，叙述超越了抒情，以日常生活的直白呈现来构造所谓的诗歌空间，因此读来少内涵，没味道，也欠修养。

好的诗歌，很多人都给了标准，甚至1000个人有1000个哈姆雷特。读者们欣赏一首诗的时候，诗有那么一点触动了他们的内心，拨动了他们的心弦，那么，这首诗就算好诗了，而写诗也算基本成功了。因此，我一直以为，好诗一定要打通诗人和读者之间的内心通道，好诗一定是一条心灵的通道，而且这种情感的体验能够把读者引向美好。卢梓仪是一位少年，在《诗刊》和《儿童文学》等杂志发表过一些诗，出版了一本诗集。她算是诗坛新人吧，但她的诗歌没有出现以上我提到的两种问题。读她的近作，更是为她诗里天然纯净的品质而欣慰，她的诗歌里有将人引向美好的抒情。

《我喜欢写诗的男孩子》就是一首好诗，语言有单纯之美，有清新之气，也给读者一种单纯明净的意境，显示出写诗者内心的亮色、透明。诗里的第一人称给人亲切之感。第二节里，"他们像海/像黑鹤/

像孤独的猫/像寂静的星"连续四个意象,以排喻的手法让读者感受到了作者内心里青春期复杂而美好的情绪。第三节里,"如果他们的文字/是一双眸子/那么,我愿意去走近/这远处的花火",这里的意象闪闪发亮,在读者心灵里点亮了美好的愿望和想象。整首诗的语言和情感的融合浑然一体,这里把整首诗陈列出来,其他读者可以一阅:"我喜欢写诗的男孩子/我读不懂他们/也读不懂他们的诗//他们像海/像黑鹤/像孤独的猫/像寂静的星//如果他们的文字/是一双明亮的眸子/那么/我愿意去走近/这远处的花火//为此/千千万万遍。"

《救赎》这一首也是好诗:"让我做一阵风吧/在时间的角落/漫无目的地行走//请允许我做一阵风吧/请允许我/避开锋利的眼神/咆哮孤单然后放逐//我拖着疲惫的双脚/倦了/这城市的灯火//请赐予我勇气眺望吧/让我相信/在风行走的尽头/是一个被花拥抱的山坡//然后/我将在一片叶子上/用耳语/写下感恩与救赎。"按照一些诗评家惯常的分类阅读法,《救赎》也算青春题材吧——诗里,少年热烈而执拗的生命力量,给读者深深的震撼,但仔细一读,诗里面还隐藏着心灵的秘密和难以言说的生命情愫。诗人总是尽可能以意象化的语言来诉说自己的情感,来表白自己的内心,但诗歌并不能够全部诠释一个复杂的生命个体的体验和思想,因此《救赎》一诗给读者的最大冲击力也就在此,它反映了每一个生命内在的矛盾性,让诗歌实现了一次模糊的美学释放。诗歌理论界有"张力"一说,张力其实就是诗歌语言背后揭示的生活的复杂性和生命的矛盾性,或者说,张力也是诗歌社会内涵和情感内涵的折射。

《遇见》这一首,可以说是很绝妙的爱情诗。"在转弯的街角/我悄悄地遇见了你/我记得/那天雪下了满地/还记得/那天阳光很轻。"这第一节是在叙述遇见的场景,营造了遇见时的物理空间。"雪"和"阳光"一冷一热的意象,给读者诗情画意之美的同时,也感受到了一种遇见的特殊情感。"你低着头走过/像一阵静但自由的风/我偷偷地看着/生怕惊醒了/这被天使守护的梦。"这是第二节,叙述了

"我"遇见"你"的第一印象和"我"胆怯又羞涩的心态。"你低着头走过/像一阵静但自由的风"这一句非常美，"静但自由的风"这个意象很新颖，把具体的人像变成了一个比较抽象的物象，这种转换是由实到虚。一般诗歌意象的建构总是遵从由虚到实，但这里反其道而行之，反而产生了别样的美感，也有效地把"我"那飘忽轻盈的心绪准确呈现了出来。"我悄悄地踩着你的影子走过/这时/一切我所羡慕的事物都来到眼前/彩虹、海岛、独角兽/我想/在我轻念你名字时/你大概是微笑了吧。"第三节叙述的是"我"对"你"的想象，美好而敏感的心灵跃然纸上，而且"我想/在我轻念你的名字时/你大概是微笑了吧"这三行让读者感受到了"我"内心难以掩饰的喜悦，这也是怀春少女之心性。"我曾想象过你骑马飞奔的样子/在一个草原的黎明/我的心像是在飞呵/像是在唤醒世界/像是在获得重生//我想过终究要来的离别/所以/在那个路口/我故意弄丢了你的影子//我会继续行走/也会偶尔回眸/就让这段路/变成一个被时光守护的秘密罢//那个/在街角轻轻向我招手的人/是你吗?"第四、五、六节也依然是一连串关于"你"的想象，都是"我"内心那一瞬间情感体验的再现，让"遇见"变得不再简单、不再平常，而是充满着爱情的魔力。"谢谢这个冬天/让我/遇见了你。"最后一节，"我"从遇见"你"的想象里，回到了现实，把美好留在心里，让抒情主体的情感停泊在冷静的感恩里，这样一个结尾，让全诗张合有度，情感没有滥觞，美好的青春期的爱思绪飞扬而富有理性。

《蹄铁》也是一首很轻盈美妙的诗，爱的情绪在超乎浪漫的想象里，得到了充分的流泻。《磨砺》《拥抱》《迷失》《游离》《空》和《香草》这几首写得也很好，主要是孤独的情绪的表现。这些诗有一个共性，那就是语言明白晓畅，内心温和健朗，没有矫揉造作，没有虚情假意，都是真性情的流露，都是最自然的表达。好的诗有什么标准?我以为"美好的抒情"就是诗歌写作所要追求的美学目标。梓仪初涉诗歌，就悟到了诗歌美学之道，这是值得欣喜的!

用文字播下爱的种子

元旦前夕，张吉宙老师打电话给我，邀我给小作家王雪莹的作品集写个序。我猛然想起来了，王雪莹，那个甜甜的可爱的小女孩，那个微笑着听我讲课的青岛少年作家。她确实很有灵气，金本老师很喜欢读她的作品，说她的诗写得很不错，而且王雪莹发表了不少作品，各方面都很出色。

雪莹写过诗、词，写过散文，写过童话，尝试过多种文体，表现出了对审美世界的好奇与迷恋。在生活中，她是一个有爱心的孩子，在学习上是一个爱思考的孩子，在写作上是一个虔诚的孩子。因为虔诚，所以单纯，也显得轻盈快乐。

雪莹这部作品集里，主要收的是她的诗。不过，这里我也想说说雪莹的散文，她写的散文少一些，但写得都很自然、朴实，给人很亲切的阅读感受。散文《玫瑰》，用的是寓言的手法，讲述了一粒玫瑰的种子落在了地下，最后开出了白玫瑰的花朵，显示出了纯真和高贵。这篇散文其实就是雪莹的内心追求，是她对纯真的品性的理解和向往。《聚光灯下的幸福》讲述的是自己做母校十周年庆典主持人的经历和体会，表达了自己对幸福的理解。"幸福是什么？是一个小小的动作，是几句温柔的话语，是一个会心的微笑，是每天唱着歌儿走进校园，是看着鸟儿飞向蓝天，是一个集体带来的欢乐与温暖，它概括了天地间所有美好的心境。这，就是幸福！"这其实也是她对成长的感悟，是敏感的心灵对外部世界的细腻触摸，是一代人的生命哲学。我很喜欢这样的来自心灵的声音。《枫林童话》是一篇抒情小美文，它用优美的语言描述了自己对秋天红枫叶的感悟和思索，因此带着哲思，带着鲜活的生命气息。《初夏的梦》也是来自生活的美文，由西湖的夏景联想到了青岛四月的情景，文字里洋溢着对大自然、对美好生命的爱。"那些待放的花苞，那些青涩的果实，此时恐怕还未醒呢。它们自顾自地，做着初夏的梦。"这样的句子，很美，很干净，也让读者的心为之一动。

雪莹的诗写得很好，比散文更有味道，意境都有童话色彩，充满着幻想，有着唯美主义诗歌的特点。它们不能说是童诗，但有童诗的质地，还有着诗歌的抒情美、意象美和意境美。如《等待第一片雪花》，它的文字很轻灵，充满着温情："……我开始想念/一年前的雪景/雪花落在手心/折射出的晶莹//等待第一片雪花/希望它快快抵达/让冬天纯白到/没有一丝浮华。"《晴空》是一首童话诗，小熊洛依在开满蔷薇花的清晨出发，要爬到一座山坡去看日出。雪莹赋予了小熊这个童话形象以美的象征，让它寓意着追求美好和卓越的人生。《你的微笑》这一首，能够比较典型地代表雪莹诗歌的特色，它有温暖的色调，有明朗的情感，有丰富的空间，也有女孩子特有的梦想："温暖如初/驱走了冰冷和孤独/你的微笑/令我很满足//你的微笑/让我在幻想的小岛着陆/有公主和王子的故事/有蜜甜的糖果屋/从你的眼眸里/我看到了有些束手束脚的自己//我沉浸在你的微笑里/在幻想的小岛里/不需要地图/只是一味地漫步/看着天空中云朵形状的改变/看到巫女和魔王的想念//你的清澈的眼神里/有一篇纯美的童话/柳树梳着长发/永远是春天/没有秋风肃杀/有公主和王子的牵挂/有盛开不谢的曼珠沙华//城堡里/总有醇美的珍珠奶茶//这/像是我的幻想/更是我的期待/到那个永不荒凉的地方/每天都可以看到/淡粉色的糖果城墙。"大家都知道朦胧诗人顾城，他被称为"童话诗人"，喜欢在诗里构筑童话意境，表达纯真的向往。我觉得，雪莹的诗里，有孩子的任性，有孩子的天真活泼，有孩子的智慧，有孩子的想象力。因此，说她是一位"童话诗人"，也是不过分的。

雪莹还爱填词，她的词虽然不多，但格调高雅，品质上乘。如《如梦令·新霁》："晚来雨停天复霁，梧桐沾雨织春衣。沐雨春色，何景可拟？莺啼且如昔。"这首词里，有绘画之美，也有意境之美。我对旧体诗词没有研究，不敢多说，但一读，就感觉语言和意象都很清新。

诗歌是最高的语言艺术，诗歌写作对语言要求很高，对写作者的素养要求也高。会写诗的人，心灵一定纯净，而且怀着美好，善于抒情，也善于用语言提炼生活。雪莹的悟性很高，她的诗中有她对诗歌的意象、意境和修辞等的理解，希望她对诗歌的感性和理性认识有进一步的提高。

读王雪莹的诗，我想起了张牧笛、陈曦、孟祥宁、高璨、卢梓仪、胡森河和于梦娇等优秀的少年作家，她们都真正热爱文学，对文字世界充满敬意，她们的写作是真正的心灵写作，是文学的希望。

雪莹年纪还小，后面的路还很长，对文学世界的感悟会越来越深。我期待她有更多的收获。

读陶安琪的童话

一个偶然的机会，我认识了安琪。

记得去年春天的一天上午，我在写东西，然后顺便看看博客，发现有人在我博客里留言。于是，我去翻看她的博客，这人便是安琪的妈妈，刘闽老师。

刘闽老师是中国政法大学法律专业毕业的，多年前也在大学里教书，后来因种种缘故，离开了校园，但对教育、对孩子的写作和成长一直很用心。正好我们两家住得比较近，于是，我们约时间见了面。从那一天开始，我们两家经常来往、聚会，孩子和孩子之间也成了好朋友。

和刘闽老师聊天，发现她对文学有很好的看法，她博客里一些关于孩子的短文，读起来很有意思。那一天，我把自己的新书送给了刘闽老师，她也送了我一本书，就是她女儿陶安琪写的童话集，印刷很精美，全彩色的，故事很生动，而且小兔子的形象很有吸引人，好像从它身上看到了很多孩子的生活，也找到了理解孩子想象力的钥匙。

"孩子多大啦？这么能写，真是了不起！"我问刘老师。她告诉我，安琪马上上高中了，关于兔子的童话，是因为她很喜欢小兔子，也养过小兔子，还买过不少兔子玩具，因此兔子是安琪童年的一个好伙伴，让她幼小的心灵得到了很多抚慰。由此，我也想到了自己的女儿，她也很喜欢小兔子、小熊和小狗等小动物，也买了不少布做的这些动物玩具，女儿还养过小鸭子和小鸡。孩子是很喜欢小动物的，也很喜欢童话的，安琪的童话是从她自己的生活中吸取素材的。她和其他很多少年作家一样，都是因为爱读书，因为喜欢大自然，喜爱思考，才开始尝试写作的。安琪很小的时候就读名著，她的妈妈很支持她进行课外阅读，愿意为她买好书。在书香家庭里成长，很自然就会亲近文字，很自然就会对文学世界着迷。

这些年，我亲自培养和鼓励过一些少年作家，他们分布在北京、天津、青岛、西安、深圳和廊坊等地，如张牧笛、陈曦、高璨、卢梓仪、王雪莹、胡森河、于梦娇、赵荔等。还有不少少年作家出书，我都热情写序，及时给予推荐和鼓励。安琪也是我指导的一位，她写作很有灵气，虽然作品的整体构思还不是很成熟，但讲故事的能力、刻画形象的能力，还是很强的。这本《小兔子免免的故事》，标题就很有意思，"兔"字和"免"字，正好相差一个"点"，安琪让小兔子的名字叫"免免"，本身就很有趣味，而且整个童话故事就像一系列的情景剧一样，节奏比较紧凑又显得和谐，总体读来，还是很流畅很生动的。因此，当张海君要我主编一套儿童文学图书时，就把安琪的这部长篇童话收了进来。第一，是为了鼓励她，希望她写得更好，也希望借此鼓励更多的少年来写作，来从事文学创作。现在教育条件好了，很多孩子从小就受到了很好的文学熏陶，写作已经不是一件很难的事，文学创作不是专业作家们的专利，也不是大人才可以完成的任务。第二，就儿童文学创作来说，也需要有新鲜的血液补充。现在儿童文学创作有一些问题，尤其是一些老作家的作品跟不上时代，很多观念也是成人思维，和孩子的生活离得比较远。因此，这套书把陈曦、胡森河、卢梓仪、薄睿宁、于梦娇和安琪这样的少年作家的作品列进来，也是一个正常的现象。如果一套文学书里缺少了少年的身影，我觉得至少说明成年人没有自信，很害怕孩子们把他们比下去。安琪这样的少年作家越来越多，才是文学界的幸事，才是国家的希望！

我在新浪微博上发现一位七岁的孩子，叫铁头，他写了很多小诗，比我们这些成年人写得还好。铁头的妈妈是一位诗人，也是一位大报的资深记者，我认识她，有时候他们母子俩在微博上写同题诗，他比妈妈写得还妙，格局还精巧，意象很新颖。安琪比铁头大十来岁，但他们有共同的特点，那就是他们都有阅读和写作的智慧。而且，他们让我感觉：孩子的阅读智慧和写作能力是不可小视的！

　　最近，安琪又在写一个长篇童话，据说已经写了五六万字，希望她早日完工，让我一睹精彩。另一方面，我也希望她多读书，写得认真一些，每写一篇作品都要超越前一篇，都要显示自己的进步。这样多多练笔，有那么几年，就会有大气象！

　　深秋来了，天渐渐冷起来，但有了童话，一定不会寒冷的。童话给童年快乐，也给我们成年人以春天的温暖。

　　多读童话，多写童话，一定会更热爱生活，一定会天天向上！

　　最后，祝贺安琪！小小少年，就出版了自己的童话！

美与智慧的微文学

在新浪微博上，认识了林清平，他的微博叫"行者林清平"，经常发表"禅思微箴言"，而且颇有影响，成为微文学中一个代表人物。我在一篇谈论微博文学的文章里，把微文学中的微随笔看成是很重要的文体，而且也是微博文学里最有影响力的文体，林清平算是这方面的代表性作家吧。

我和清平的结识，当然不只是因为微博，我曾经在安徽马鞍山工作生活了多年，离池州也不太远，和清平算是半个安徽老乡，而且他此前写的一部长篇小说也曾引起我的关注。清平是一位艺术多面手，书法也是很棒的。这里就不多说了，因为对艺术，我是半桶水，怎敢说三道四！

清平的《禅思微箴言》于今年六月由东方出版社出版，算是赶了一个潮流。微博文学作品虽然也有少量正式出版，但真正称得上文学的，还是少之又少，因此这部书可以说是微博文学的一个见证吧，至少它显示了清平利用微博媒介创作、发表和传播的能力。

《禅思微箴言》的内涵非常丰富，有对生活百态的描绘，有对社会众生相的刻画，有作家的哲思睿语，有对文化现象的考评，也有属于心灵独白或杂咏之类。我从头到尾慢慢细读了一遍，发现清平的思维非常敏锐，视野很开阔，对各种社会问题和人生命题，都有自己的思考，有自己的见解，而且充分展示了他超凡脱俗的一面，同时也展示了他对社会、人生和他人的人文关怀。如果要给《禅思微箴言》归纳一些特点的话，大体有三个：一是它的哲思性。如"有种期待，永远不能实现；有种逃亡，永远不能停歇。有些味道，只能一个人静静品尝；有些景致，只能一个人远远观看；有些情怀，只能一个人默默珍藏。有些该记住的被忘记，有些该忘记的却被记住。""一个人懒惰，虚度光阴，最终一事无成，都是自己原谅自己的恶、安慰自己的失、欺骗自己的心造成的。"这样的微随笔，的确是浓缩了人生的很多经验、思考和智慧，是有禅味的，有哲思的。二是它的精短性。清平笔下的微随笔，绝大部分短小精悍，如"火花"，如"闪电"，如"露珠"，如"珍珠"，或一语中的，或晶莹剔透，或以一驭万。如"思想在如水的夜色中漂泊，心是唯一的航灯，灯不灭就不会迷航，迟早会抵达黎明的彼岸。灯如灭了，思想就会触礁，万劫不复地沉没"。这些文字，都能够于黑暗迷惘中引领人生之语。三是它的审美性。如"母亲的笑，是人间最美的景致；母亲的愁，是举世最大的难题；母亲的声音，远胜最动听的天籁；母亲的手，超越世上最温润的春风；母亲的心，是宇宙间最宁静的港湾。即使我千万次飞翔，也飞不出母亲牵挂的目光""棉苗纷纷从土里钻出来，好奇地打量着春天、打量着我。就在那一瞬间，我看见了生命的灿烂和奇妙！"这些微随笔，小散文诗一样的，给人诗意，是情感和意象的结合，是诗化的艺术。当然，清平的微随笔中，有些偏重叙述，有些偏重说理，也有不少偏于抒情，他如一位高妙的微雕艺术家，在方寸之间展示宏大世界，把缤纷的人生浓缩在鸡蛋壳上，这是清平多年潜心为诗为文的结果。微随笔，做到知、情、意的有机融合，做到思想、艺术和生活的有机融合，是很不容易的。清平每写一篇微随笔时，似乎都在紧扣生活、艺术和思想这三要素，把自己的文字变得珠圆玉润，充满魅力。

微博文学创作看起来容易，好像在游戏之间就完成了创作，但实际上，要写出真正好的作品，是很难的。首先，微博的对话框只能写

140 个字，在这么小的篇幅里，要表达自己的见解，同时也要让文字有张力、有修辞、有思想，这是很难的。其次，微博传播快，其读者的反馈也非常迅速，因此写的时候是要把握好尺度的，不能太自我，也不能太随大流，既要符合大众阅读的需要，同时还要有自己的风格和品位，这又是一个难度。再者，微博是一个相对比较自由的空间，写作时没有监控，没有把关，完全是即时性的写作，写作者的个人修养决定了文字的质量。因此，创作微博文学，无论是微诗、微小说、微散文、微童话，还是微随笔、微评论，都是很有挑战性的。至少它和一般的纸上书写，是有很大的区别的。

从清平的《禅思微箴言》来看，他对微文学创作的尺度把握得非常好，既注意到了它的文体规定性，也考虑到了它的受众特点，还考虑到了随笔本身的特点，更做到了微随笔里有自己的人生和人格。作为朋友，也作为忠实的读者，我为清平有如此执着而高品质的微文学创作而欣喜祝福！

读朱家雄的随笔

家雄兄主编"品尚书系"，收集了张颐武、解玺璋、李少君和我等几位的文艺随笔。家雄年龄比我小一些，是70后，也有一册《未名湖畔的青春》在列，于是，这个书系就变得更丰富了。

我和家雄神交已久，他写的小说和随笔，我读过不少，之前我还给他的小说集写过短评。很有意思的是，我们在电话和电子邮箱里交流了多次，却老是没凑到一起见一见，聚一餐，好好聊一聊。

一看书名，读者可能会认为《未名湖畔的青春》是一个小说集，或者是一部诗集。家雄把从开始涉足文学的见闻和感想，一直写到了现在对文学的思考，算是二十年来各类文艺随笔的合集吧。家雄在自序里，把它当作"有关青春的总结陈词"，它记录了他的青春足迹、思想轨迹，也记录了从初进文坛到深察文坛的各种观察感受和思考辨识。利用一个周末，我从头至尾认真品读了，很喜欢家雄这些文字。

我有一个总体感受：家雄兄的随笔，真诚、性情、朴素，也充满着智慧。他的文字从语调到姿态，都显得很低，甚至有些过于虔诚，但每一篇文字里，都有自己的真实感受，都有自己的独特理解，都有自己的风格。

《未名湖畔的青春》共有五辑，每一辑都很有看点，有的很有故事，有的很有体验，有的很有思考，有的很有观点。第一辑《北大校园的风景》，很吸引人，我一口气读完，竟然毫无紧张和劳累之感。家雄把在北大求学时接触到的名人、先贤和大师，做了很好的描述。在他笔下，张岱年、季羡林、魏巍、姚雪垠、谢冕、汪曾祺、莫言、陈建功、刘震云、王朔、西川、汪国真等名家，都很有个性，很有格调，有鲜明的文学主张，也很自信。每一篇格局虽小，但视角各异，显示出初出茅庐时的家雄是有很高悟性和天分的。采访或听讲座，把名家的言行记录下来看似简单，却也是一门艺术，尤其抓住最能彰显名家情怀和艺术见解的话语，来表现他们的内心；同时，把他们不同的文学主张阐述出来，是不容易的，但家雄轻松自如地一一道来，所以阅读时，犹如和一位老友在谈话、聊天，轻松又舒坦。谢冕先生我认识，多次在诗歌研讨会上见面，而且还和他聊过，知道他很随和，对新诗不但深有研究，也是很跟得上时代的"老顽童"。家雄很幸运，在北大中文系听过谢冕先生讲《新时期文学专题》的课，且正好听到他讲当代新诗，这是很多写诗的或研究新诗的人很期待的。在随笔里，家雄记录到，谢冕先生谈到新诗潮、后新诗潮时，说："新的诗人们想为群代言，但是群不理解他们，把他们视为异端，他们感到孤独；想代时代发言，但时代视他们为弃儿，他们感到孤独。"听谢冕先生发言，我也感觉到他的讲话很通畅，甚至很简易，但里面总有一些很好的观点和看法，谢冕先生能够把很复杂的问题简单化。家雄把谢冕先生这些富有启迪的话语记了下来，对读者也是很有价值的。陈建功老师也是我很熟悉的，他的为人和为文也是有口皆碑的，家雄对他的理解也很深。家雄听课很认真，所以他记录这些名家的言行很到位。写名人的随笔里有这些内涵，就能让读者读出作者的文学素养；不是真懂文学，是不可能真正能够抓住要害和问题的。所以读家雄写的《我认识名人，名人不认识我》《我瞳孔中的名人》和《迎面而来，叫你目不转睛》这些文字，好像自己也去北大听了无数次讲座似的，这种感觉不只是回到了校园的亲切，还似走到了名家身边，在接受他们的教诲和熏染。

　　第二辑《成长路上的感悟》和第三辑《以梦为马的旅程》写得

也很好。第二辑里的随笔的内容都关乎成长，都是自我青春叙述和青春的感叹。我很喜欢《理想和现实》和《我曾在三间大学读书》这两篇。家雄少年有梦，青春有理想，对生活、对世界，有自己的思索，一直在不断求新、求变，虽然生存环境并不尽如人意，但他始终坚持自己的理想，有人格操守，有正确的价值信念。读他的随笔，如读他的小说，内敛之厚，可敬可佩。第三辑里，每一篇都耐读，《文学：并不悲壮的坚守》《年轻作家莫浮躁》《为谁写·写什么·怎么写》和《缺乏经典的当代文学》等文，我更喜欢，家雄对文学创作的一些理解不是隔靴搔痒的，他对文学基本问题和当下现实的一些思考也切中要害。这些随笔有文论性质，展示了家雄对文学的深度思考，对文艺理论的探索。

第四辑《诗歌与青春同在》、第五辑《漫卷书香的光阴》和第六辑《两代新锐的崛起》，也书写了家雄兄的阅读和写作之乐，同时显示出了他的文学功力、他对诗歌世界的钟爱。很欣赏他对 70 后和 80 后两代人的比较、认同与辨析。很多作家善写，但缺乏评论的功夫，而且也很瞧不起评论。其实，一位优秀的作家至少应该有属于自己的文论。家雄的随笔里就有很多来自写作的可贵经验和感悟。他的很多观点很中肯，有些很犀利，但他的态度是温和友善的。如在《诗人的道路》里，他说："一个真正的诗人，应该拒绝晦涩，拒绝游戏。诗到晦涩是故弄玄虚，诗到游戏是自暴自弃。""最优秀的诗作应该是震撼人心的，指向深切痛彻的情感，指向普遍而独特、幽深的体验，指向一个时代最本质的欢乐与痛苦。它把深刻的意蕴化于清澈无淤的诗行，让读者在最短的距离内看见最有价值的东西。"在《"梨花体"事件：问题在于新诗本身》一文里，他说："问题在于，优秀诗歌之间比拼的并不是晦涩和玄虚。衡量诗歌好与坏的标准在不同的人那里也许有不同的答案，但在我看来，雅俗共赏、深入浅出的追求并不会降低诗歌的格调和品位，并不会影响诗歌作品的艺术含金量，只是这需要诗人们投入更多的心智与才情。"这些，都说得很准，很值得我们学习。

　　家雄和我同受湖湘文化熏染，也是既搞创作，又写文艺随笔、做批评。从他的随笔里，我觉得我们之间都有一个特点，那就是咬定目标不放弃，始终对文学怀有敬意，始终坚信美好的东西。不过，家雄的随笔有内在的幽默，智慧隐藏得很巧妙，这是我所不及的。

纯净的文字，美好的童心

好友孙卫卫又出了一本散文集《小小孩的春天》，是江西高校出版社出版的。绿色的封面，给人春天的气息，当然，也传达了一种温馨和友善。我记不得这是卫卫送我的第几本书了，只知道，差不多每一次出了新书，他都要送我一册，而且很工整地写上"敬请旭东兄指教"之类的话。

卫卫写儿童小说，出了几本书，都是短篇，在儿童文学作家里，他不是高产的，但他写得很认真，很出色，几乎每一篇都是可以进选本的。我编过几本书，都选了他的作品。卫卫的散文，也出了几本，大多数是回忆童年，留恋乡村，记录读书体验和心得，文字非常真情真诚，毫不张扬，平缓的叙述里，总是带着一股难以抑制的爱和宽容。"文如其人"这样的话，好像就是用来描述卫卫的写作的，我读了很多作品，几乎稍微好一点的作家的作品，差不多都写过点评，写过批评。卫卫完全表里如一，文字和人相得益彰。

《小小孩的春天》这部散文，按照内涵来说，属于童年散文，讲述的都是童年的生活故事，描绘的都是童年看到的人和景，记录的都是童年生活的种种感受。看得出来，每一个字符里都有卫卫的童年情结。

开篇《小时候的喜欢》，就把小时候卫卫喜欢唱秦腔、看皮影戏、做木活、喜欢哭、喜欢玩具手枪、喜欢当老师、喜欢淘气、喜欢

散落的书叶

买笔和本子、喜欢画画、喜爱吃水果、喜欢数学老师等"小时候的喜欢"——讲述出来，语言清淡平和，情真意切，不添油加醋，不矫揉造作。其实，卫卫的童年的生活，物质并不丰富，他的家乡周至也算是穷乡僻壤，但他把童年的生活用"喜欢"来——勾勒，既是童心世界的爱和宽容，也是作家内心里的善良。当然，从这篇散文也可以发现童心，找到孩子世界里的需要，理解孩子的好奇心。《想成为别人家的孩子》，算是卫卫的佳篇，早在六七年前我就读过，这篇散文里，他回忆了自己小时候曾经很想成为一位瓜农的孩子，也想成为乡里那位老邮电员家的孩子，我读了好几遍，越读越感动。小时候想成为瓜农的孩子，这个愿望其实很简单，因为他小时候想吃瓜，所以羡慕瓜农家的孩子。想做邮电员家的孩子，想成为邮电员，因为他小时候渴望读书，渴望通过阅读报刊和书籍了解外面的世界。这是卫卫童年时两个非常单纯的愿望，但又是一个孩子最实在也最美好的理想：既渴望物质的丰富，又渴望精神的丰富。卫卫丝毫不掩饰自己的内心，《想成为别人家的孩子》像一面明镜，映照了纯洁的人性，也折射了童心的无邪。

卫卫的散文，用"纯净"这词形容最好！《偷瓜》这一篇是"纯净"品质的最好证明。它讲述了小时候到生产队的瓜地里偷瓜的经历。那时候是集体经济，生产队统一经营土地，管理土地，种瓜的收成是生产队集体所有的。卫卫曾被一位比他大几岁、也高一个辈分的"叔叔"叫着，去偷了一次瓜。其实，他因为胆小，自己根本没偷着西瓜，但也跟着那位"叔叔"品尝到了西瓜的甘甜。在这篇散文里，打动读者的是作家对当时心理的描写，因为它生动活泼地表现了一个孩子的思维世界和纯净的人格。《当弟弟很小的时候》回忆的是小时候和弟弟的相处，字里行间溢满着童年的快乐，也展现了童年生命的纯净本色。《吃腊八粥》《小姑姑》《我的胆小》《喜欢书》《第一次投稿》和《语文课》等，不但生动地描述了卫卫小时候的性格，也把小时候爱读书、有理想的一面展现出来，因此，这些散文里，总的主题是童年，是成长，它们都是属于童心世界的纯净文字。

从语言这个角度来看，卫卫的散文里，可以说没有修辞，没有华丽的辞藻，更不玩弄什么手法，几乎都是口语化的文字，但又蕴藏着质朴的语调和语序。儿童文学作家里，写过散文的，有不少是很讲究修辞的。丰子恺的文字朴素大方，写人记事多用白描，都是常用的汉字，连最低年级的小学生都没有阅读障碍。这是一个妙处，也是卫卫文字里的风格。

就整个文坛来说，现在写散文的人很多，我也偶尔会给一些作家的散文集写写序、写写评，但说实在话，儿童散文的创作还难以满足小读者的要求。有些作家的儿童散文，借的是童年视角，写的是自我意识，过分拔高自己，张扬自我，因此对小读者来说，缺乏一种贴心的魅力。《小小孩的春天》里的文字，都是贴心的，都是站在孩子的立场来写的，都是对童心世界的准确表现，都是用爱和善意写出来，因此，细细咀嚼会有深深的感动。

卫卫用散文给小读者送来了一个美好的"春天"，而他的文字也给了我一个"小小孩"的童心世界。谢谢卫卫！

贴近孩子心灵的桥梁书

前些日，收到四川少儿社编辑明琴寄来的一套书《棒小孩日记》，一看，是魏晓曦的新著。这是一套精美的桥梁书。之前，我给明琴当责编的一套梅子涵的桥梁书写过评。我很喜欢那套桥梁书，觉得很适合小学中低年级孩子自主阅读，对乐于从事幼儿文学或校园故事写作的作者来说，也是很有借鉴价值的。魏晓曦虽然名气不如梅子涵老师，但她也是一个写作多面手，她供职于出版社，主编少儿期刊，而且也创作、出版过多部童话，这套《棒小孩日记》就包括《公主小达人》《土豆不是土豆皮》《我是王子》和《大胆男生不怕鬼》四册书，每一册都写得很好，语言优美清新，形象活泼可爱，情节有趣动人，加上文字和美术编辑的精心制作，在桥梁书中可谓上品。

《棒小孩日记》这套桥梁书，如果要推荐的话，我觉得它优点不少，是很值得小读者阅读的。

第一，它的内容很丰富，而且贴近孩子的心灵。这套书的主人公是小男孩王子和小女孩苏拉，他们都是独生子女，是爸爸妈妈心中宠爱的小王子和小公主，他们都聪明可爱，富有智慧，而且情感世界也很丰富。如《公主小达人》这一本里，主人公就是小女孩苏拉，她爱观察，爱感悟，爱思考，爱美；她聪明能干，富有智慧，可谓小小的哲学家。作家把苏拉在家里、学校里和社区里的生活，把她和父母亲的交流、和同学的交往等等，一一叙述出来，尤其是把苏拉的心理活动展示得淋漓尽致，让读者感到好像苏拉就是身边可爱的孩子。从这本书也可以看出来，作家很熟悉儿童心理，走进了孩子的内心，因此描绘和叙述时，显得轻松自然，仿佛自己就是一个孩子。正因此，读者阅读时，好像自己也是一个小女孩，和她一起经历成长，感受成长的乐趣，体验亲情和友情，感受内心世界的丰富多彩，也体验外部生活的丰富多彩。

第二，它的体例很好，结构和布局很用心。这套书采用的是日记体，因此给读者很原生态的感觉，内容显得特别真实。目前，国内日记体桥梁书很少。过去，儿童小说曾经有杨红樱的《女生日记》和《男生日记》，后来伍美珍出版了《阳光姐姐日记派》系列，但它们都不属于桥梁书。不过，国外的桥梁书有不少精品，如《小屁孩日记》就是一类，很幽默很机智，是属于给男孩子阅读的读物。《棒小孩日记》系列不但适合小男孩阅读，也适合小女孩阅读，充分考虑到了不同性别的读者趣味；在日记表达上，这个系列也是叙事性和抒情性结合，而且更重视心理空间的展示，不像一般日记体儿童小说的单纯地叙事生活，因此读来，感到更亲切，更贴近孩子。

第三，它的设计很美，是为中低年级孩子量身定做的阅读佳品。这套书装帧设计一流，封面和插图都很唯美，给人清新之感，还配了汉语拼音，有助于中低年级孩子顺利阅读，另外纯美的风格，也特别适合孩子阅读和欣赏。桥梁书，我感觉有两种做法：一是为幼儿做的插图性读物，一半插图，一半文字；二是为小学中低年级孩子做的读物，这类桥梁书难度很大，小学生有识字的问题，但识字已经不是主要任务，主要任务是提倡自主阅读，所以做这类桥梁书时，一定要以推动自主阅读为目标。这对文字和图画的配比，对文字量和版式的安排，都提出了挑战，从四川少儿社目前编辑出版的两套桥梁书来看，都是很成功的。《棒小孩日记》可以说是小学生桥梁书的范例，插图用纯色较多，画面色彩靓丽，有时尚气息，与孩子的梦想世界相符合。

　　总体来看，《棒小孩日记》系列的出版，是一次很有意义的尝试；对儿童文学创作来说，也是一次美学的探索。魏晓曦善于捕捉孩子的内心，抓住有趣动人的细节，细腻地表现孩子的内心世界，把纯真生命的品质给呈现出来，因此，字里行间洋溢着撼人心弦的情感，而且散发出美好迷人的灵性。相信这套桥梁书一定会受到更多小读者的喜爱！

精彩的童话是孩子的福分

前些日子，常福生老师发来电子邮件，说他要出一套童话，让我关注一下。这不，他寄来了宁波出版社刚刚出版的《新精彩童话》（四册），包括《良好习惯卷》《生活智慧卷》《温馨友爱卷》和《科学知识卷》。读后，很喜欢，觉得常老师创作力挺强的。

常福生老师爱诗，是一位大家都熟悉的诗人，写了很多儿童诗和儿歌，在很多少儿报刊上都可以见到他的作品。他还主编过一些儿歌选集，也编辑过《儿童诗》。多年前，我曾在《文艺报》介绍过他。一位会写诗的人来写童话，童心洋溢是可以预见的，形象的生动活泼和内涵的幽默智慧也是可以想象的。

《新精彩童话》的一个特点，就是主题很鲜明，每一册的十多个故事都紧紧围绕一个主题，来传递一些生活知识、科学常识，并且教会孩子如何养成好习惯，培养好品德。如《温馨友爱卷》，主要讲述小动物之间的交往，发现它们交友中的问题，教育孩子与人团结合作、友好相处。其中的《漂亮的礼物》就是一则很有意思的童话，塑造了一个可爱小熊的形象，它能和大家友好相处，同时也懂得如何尊重朋友，并如何待人接物。小熊过生日，它请来自己的好朋友。小松鼠来了，给小熊带来了一辆玩具汽车；小花猫来了，给小熊带来了一架玩具飞机；小白兔来了，给小熊带来了一艘玩具轮船；梅花鹿来了，给小熊带来了彩色画笔。大家很开心地围着小熊，吹起了蜡烛，唱起了歌，还一起品尝蛋糕。但小熊只收下了大家送的贺卡，然后把大家带的礼物又回送给了大家，小熊认为大家的友爱和祝福就是最好的礼物。如《良好习惯卷》，用童话的方式，来告诉孩子如何注意日常生活的细节，培养好的学习习惯、生活习惯。其中的《洗脸》讲述的故事也很有趣味。在动物小班里，山羊老师教小朋友洗脸，小象、长颈鹿和小白兔东望望，西瞧瞧，不好好听老师讲，结果，当大家都去洗脸时，它们仁不好好洗。当山羊老师让大家照镜子，小白兔发现自己的长耳朵好脏，小象一照镜子，发现长鼻子没洗干净，长颈鹿的脖子也很脏。它们都觉得挺不好意思的，就互相帮助，把脏的地方洗干净啦。

《新精彩童话》的另一个特点，就是充满儿童趣味，富有童心智慧。写童话也好，还是写别的儿童文学作品也好，要有儿童趣味，要符合孩子的思维，更要贴近孩子的生活。如《良好习惯卷》中的《小客人》，讲述的是小白兔和小灰兔的故事，小白兔到小灰兔家做客，可小灰兔只顾忙着看动画片，连头都不抬一下。看完动画片，小灰兔抱起皮球到外面玩，才想起家里还有小白兔呢。于是，它赶紧回去看，小白兔已经走了。妈妈批评小灰兔不懂礼貌，小灰兔很不好意思，就去找小白兔，到了小白兔的家里，没想到小白兔很礼貌地招待了小灰兔，这让小灰兔更不好意思，它决定向小白兔学习，做个懂礼貌的孩子。这个故事结构很单纯，但来自日常生活，和孩子的生活贴得很近，因此读来有熟悉亲切之感。

常福生老师笔下的童话，语言很朴素，语法很规范，很适合给幼儿朗读，也很适合小学低年级孩子自主阅读。给孩子写作，我一直认为语言一定要干净，要简练，要让孩子容易接受。尤其是幼儿童话，是早期语言启蒙的好工具，不可随意写，更不能粗制滥造。读了《新精彩童话》，感觉常福生老师还会给孩子带来更多精彩的童话。

童年最美好的记忆，就是读书的快乐了。写《新精彩童话》的常福生老师，会给孩子们带来更多的童年快乐！

精彩的童话是孩子的福分

进入孩子的天国

陈诗哥住在深圳，好像是一家少儿杂志的编辑。几年前，他通过电子邮件给我发过他写的童话。说实话，他的童话我读得不多，他只是偶尔在《儿童文学》《少年文艺》发表一些短篇，不是那种出了一本又一本书的作家。他把自己刚刚在少年儿童出版社出版的《几乎什么都有国王》寄给我，还附录了一封长长的文章——《我为什么写童话》。我明白他的意思，也从作品里读出了他对童话和孩子的看法。诗哥是一个爱思考的人，也是一个很有诗心的作家，他笔下的童话，就是他自己的心灵的写照，也是他观照孩子的审美方式。

《几乎什么都有国王》是一部短篇童话集。开始阅读时，我就有一种感觉，那就是，诗哥的童话是不拘于理性逻辑的童话，他写故事，叙述情节，安排形象，让幻想飞翔，都是出自心灵的律动，都是来自本真的情怀。他不是那种把读者看得很重要的作家，不会只为某个年龄段来写作，然后按照教育的逻辑，按照某种观念来理性地安顿文字，掌握节奏；他的童话似乎都没有预设，故事是天然流露的，情节是笔随心走的，而语言及其情境又是那么空灵，那么富有浪漫主义的气息。

《几乎什么都有国王》是短童话集里的第一篇，书的名字就是它的名字。这是诗哥笔下较长的童话，故事的构思非常精巧，也极有趣味。它叙述的是一个外星人降落在地球上，想知道这个星球是否有趣，如果没趣，就要攻打它。这个消息被地球上的国王们知道后，都很紧张，他们举行了各种名目的会议，还召开了联合国大会，共同商议大计，于是，一万个国家的国王，纷纷赶到喜马拉雅山的避暑山庄，在那里，大象国王主持了会议，狗国王、狼国王、鹰国王、树国王和恐龙国王等等，纷纷发表意见，要求战斗。对于水军和空军的部署，大家达成了一致协议，但对陆军的部署，国王们发生了争吵，甚至就乌龟是属于陆军还是水军这一点都提出了疑问。在大家吵成一团、不可开交之际，玫瑰国女国王站起来，风情万种地说："不用争吵了，我们可以用美人计嘛。"说完，她翩翩舞蹈起来，青草国国王立刻命乐队配乐，在优美的音乐和舞蹈的迷惑下，所有的国王都忘记了战争，都停止了争吵，开始了一场盛大的宴会。最后，凤凰国国王飞到宴会中心，展示了自己优美的舞姿后，露出了原形——原来他就是外星人。他宣布："不会有战争了，那是一场误会，我欢迎你们到60IB星球做客。"这篇童话故事的构思别出心裁，当然，最令人喜爱的还是它内在的童话逻辑，它不是按照某一个模式写成的。作家从大自然里得到启迪，又把现实生活中的某类现象隐喻到童话里，因此，幻想的世界里有现实的影子，而现实的生活里也可以找到童话。我也很喜欢这篇童话的题目，它没有呈现童话的形象，也不包含某种叙述，但读了童话后，感觉题目又是那么完美，是一个可以提炼、概括童话内涵的好名字。

《河的女儿》也是诗哥的一篇佳作。它用的是第一人称，叙述者就是河的女儿，她是河王的小女儿，也是一条美人鱼，喜欢坐在桥下，一边唱歌，一边欣赏美丽的景色。月光如水的夜晚，她常会看到河边一座房子里，有一位诗人，也总在深夜才入睡。一个夜晚，善良、勤劳和贫困的老渔翁撒下渔网，没想到正好把河王的小女儿罩住了，后来，那位诗人知道了，就想了一个办法，请老渔翁喝酒，在渔翁醉酒酣睡后，他让一直暗暗爱着小女儿的河族小王子把河的女儿带走了。等老渔翁醒来，他发现河的女儿不见了，诗人指着女儿手中那本《安徒生童话》，告诉老渔翁：昨夜他们谈了一个晚上《海的女儿》呢。后来，河的女儿和河族的王子结婚了，他们在新婚之夜浮出水面去看他们敬爱的诗人，他们发现，诗人和他美丽的妻子正在满怀爱意地给女儿讲述"河的女儿"的故事。这篇童话的构思也是很精巧的，而且镶嵌了经典童话《海的女儿》的情节和主题，不过，诗哥没有搬用，而是把经典童话里的形象拿来作为自己的童话元素，并给予了新的阐述，加入了新的内涵，使童话更为新鲜迷人。应该说，这也是一种互文性写作，算是童话写作中的一种新尝试、新探索吧。过去，汤素兰的童话里借鉴了一些经典童话的因素，也尝试过互文性的表达。

　　《熊的梦》也是一篇很诗意唯美的童话，冬天雪花飞来了，熊开始进入冬眠，并做了一个很美的梦。诗哥把它叙述出来，用的是梦的叙事方式，显得轻盈而飘逸，给读者灵动、温馨的感觉。诗哥的短童话大部分很短，如《门的故事》《日子》和《哭泣的女孩》只有三五百字，好像大部分都有作家主体的角色进入，比如说"我们"这个人称代词，就反复出现在一些童话里，这也是一种很奇怪的阅读感受。如果要挑点毛病的话，可能避免用"我们"更好一些，因为童话的幻想世界，还是让它独立存在好一些，读者就站在幻想世界外面，然后，怀着好奇心，打开童话书，跟着文字走进去，那样的感觉可能更美妙。不过，在读完了诗哥所有的童话后，特别是在阅读了诗哥《我为什么写童话》一文之后，我认同了诗哥的这种写法。他说："我是一个信徒，我写童话，是因为我听到了上帝的召唤。"他还说："故事，谋求的是自身的精彩。而童话，更多的是为了他人的美好。"诗哥的这些话是真正理解了童话诗学的。把童话仅仅当作故事来写的人，永远是二流的甚至是三流或不入流的写手；但把童话当作童话，当作如诗哥所说的"一种伟大的单纯"来书写的，才是真正的童话作家！

　　诗哥由诗歌之门进入童话，并且开始思考孩子的世界，并以哲学家的身份来打量自身的写作方式，这也是一种超越，对自我的超越，是一种对童话及儿童文学的新理解。我不能过多地赞叹诗哥的童话，只能说，诗永远是童话的灵魂！而对童心世界的敬畏，是儿童文学作家的根本！

奇异新鲜的童话世界

认识朱丽秋已有一段时间，她在网络上的笔名叫"蹦蹦朱丽秋"，爱写寓言和童话。她积极参加《小青蛙报》举办的"微童话"征文，也积极参加新浪"微童话"征文和科普"微童话"征文，并获了奖，而我正好是新浪"微童话"征文和科普"微童话"征文的评委，算是很熟悉朱丽秋的"微童话"，而且也很欣赏她的勤奋。

朱丽秋的"微童话"精品多，有很多美感，仔细品读，能感受到多样的美学元素，她善于借鉴儿歌和诗的旋律、节奏，也善于把寓言和童话结合起来，还善于在"微童话"里传达爱的内涵，让"微童话"变成丰富多彩的艺术世界。

《柳哨》这一篇，用了很多三字句，这是传统儿歌常用的，语言很跳跃，也有节奏之美，读后风趣活泼，形象也很生动：

> 春天到，小河笑。小青蛙，睡足觉，"咕呱，咕呱"蹦蹦跳。小兔蹦来凑热闹，折一枝嫩柳，做一只小小哨。"呜呜，呜呜，春来到!"小乌龟，打着哈欠，伸懒腰，慢悠悠地来了句："谁呀，这么吵?"小兔听了笑："快来，快来，我帮你做了一只小柳哨。呜呜，呜呜一吹，瞌睡虫，全跑掉!"

《车矢菊》这一篇，讲述的是一只蜻蜓和一朵车矢菊的故事，充满着情感，传达着爱意，让读者在诗一样的意境中想象与回味：

> 车矢菊开了，小小的，开了一天，又一天。细雨中，一只受伤的蜻蜓落到车矢菊上，泪珠儿，一滴，一滴，滴落。车矢菊轻轻地说："不哭，不哭，我把花瓣送给你，你还能飞……"说着，车矢菊落了。蜻蜓拾起花瓣，带着这对有香味的翅膀，在小雨中飞啊飞。它想找到另一朵车矢菊，看看她长什么样。

《小懒虫》这一篇，语言简练、幽默，故事里有家庭亲子关系的体现，让童话传达着爱，也表现着孩子的智慧：

> 太阳高又高，小虫躺在被窝里面睡懒觉。妈妈说："起来吧，早上空气好。"小虫说："一大早，小鸟的妈妈就对小鸟说，起来，快起来，早起的小鸟有虫儿吃。我才不要早早起来，送去给它吃。"妈妈听了笑："那好，你就乖乖躺在那儿，等着它来吃。"小虫一听，咕噜一下，爬了起来。

《黄亮亮的叶子》这一篇，语言很美，和《车矢菊》一样，构思非常精巧，充满着人文关怀，有爱和美德的召唤：

> 老青蛙说，谁能拾到一片最亮最黄的叶子，就会在来年春天，变成青蛙王子。小青蛙拾起了叶子，一片又一片，拾了整整一个秋天。天冷了，小青蛙正要冬眠，一只小鸟受了伤，跌落到地上。小青蛙想，我用那些黄亮亮的叶子，做一个暖暖的巢送给小鸟吧。听小鸟快活地唱歌，做不做王子又有什么关系呢。

奇异新鲜的童话世界

《戴花的兔子姐》这一篇的构思很精巧，兔子姐很爱美，她爱戴花，很热爱生活，她和自己的倒影对话，特别风趣，也把一个孩子的活泼性格展现出来：

> 兔子姐，爱戴花，摘一朵大花儿，戴在耳朵下。花儿红又红，香气风里洒。兔子姐笑了，大耳朵扇呀，扇呀，一下，又一下，扇起小风"呼啦啦"。兔子姐蹦到小河边，咦？水里也有一只小兔，头上也戴花！兔子姐笑着打招呼："你好呀，你大还是我大？我该叫你姐姐，还是该叫妹妹呀？"

限于篇幅，不能一一列出朱丽秋的佳作，但"窥一斑而知全豹"，几篇"微童话"足可以显示她的想象力和创造力。

"微童话"创作很难，字数少，但容量不能小；况且在写作时，要直接面对微博读者的批评，因此写作时，对文字的斟酌，对形象的选择，对主题的提炼，对故事、诗意的准确把握，都考验着作家的技巧和水平。从活跃在新浪微博里的"微童话"作家的作品来看，真正能够娴熟地运用童话技巧，又能写出自己的特色的并不多。我也写了很多"微童话"，但自感在艺术方面还要向朱丽秋学习。

朱丽秋在新浪微博里很活跃，几乎每一天都可以看到她写作的身影。发给我的160篇，都是她在新浪微博里即兴写作出来的作品，但看得出来，它们的文字并不匆忙草率，形象都很鲜明，有的故事性很强，有的趣味很浓，有的主题突出，有的诗意盎然，有的幽默，有的沉思，有的直接传达爱和美，有的则间接地表现哲理……朱丽秋是一个对语言很敏感的作家，她不会让自己的作品重复，即使在有限的140字的对话框里，她也要尽可能地展示自己的智慧，把一个奇异、美感和新鲜的童话世界献给读者，使自己的"微童话"艺术独成一家!

　　新疆电子音像出版社要出版朱丽秋的"微童话",这是一件喜事,也说明出版社有审美眼光。借此序表达一份敬意!也祝朱丽秋的创作更上一层楼!

新时期诗歌的一面镜子

《飞天》杂志是甘肃省文联主办的纯文学刊物，我曾在其"大学生诗苑"栏目发表了四五首诗作，也有幸在其"青年诗坛"发表过几组诗。我和《飞天》杂志主编李云鹏老师有过多年的书信来往，他在我初学写诗时给予过我鼓励，这成为我青春时期最美好的记忆之一。

姜红伟编写《〈飞天·大学生诗苑〉创办史记》，不知道最早是如何创意的，初衷是什么；但读了整部书稿，便觉得这部书值得编，它生动地描绘了一个纯文学刊物的三十多年的发展历程，也从一个视角呈现了进入新时期以来三十余年新诗发展的历史。因此，这个创办史记不是一个刊物的行为，更不是个人著作，它的意义是可以肯定的，它是新时期诗歌的一面镜子，里面映照出多面的信息。

首先值得肯定的是《〈飞天·大学生诗苑〉创办史记》的编排很用心。第一章把"大学生诗苑"创办的缘由展示出来，还原了一代老编辑对大学生写作关注和培养的良苦用心，也让今天的读者了解了一份西北刊物的追求。《创办史记》一共十二章，每一章都很有特点，内容都很丰富，都从不同的角度展示了"大学生诗苑"栏目走过的三十二年历程。

第一章《创办的缘由》，以很短的篇幅，把读者带回到了1981年栏目创办之初的情景，回溯了那个诗歌年代的激情和智慧。第二章

《编辑团队》，介绍了杨文林、张书绅、李云鹏、李老乡、陈德宏、辛晓玲、马青山和郭晓琦诸位老师，让读者颇为感动，尤其是杨文林和张书绅等两位老师的一片诗心，是今天的编辑难以企及的。不过，要是把其他几位老师的情况介绍得详细一些，可能内容就更丰富了。李云鹏老师对我最初的诗歌写作起到过很大影响，他多次写信鼓励我，给我的诗集写过序言，还多次赠书给我，我至今难忘他的一片冰心。李老乡在诗歌界有口皆碑，是一代优秀诗人的代表，我有幸见过他，并得到他的鼓励，关于他的故事也是很多的，相信将来会有人写出一些评介他的文章来。辛晓玲老师也编发过我的作品，我们是同龄人，在中国社科院参加全国首届中文博士后论坛时和她见过面，也算是一种文学缘分。我也见过陈德宏老师，那是几年前，我们一起参加中国作家协会会员的入会评审，他很和蔼可亲。相信以后会有人记得他们对诗歌的贡献。第四章《发展历程》，算是本书的重头文章，也是全书最值得一读的。姜红伟兄把"大学生诗苑"的发展分为四个阶段，我个人觉得是颇为合理的。"1981 年至 1991 年"这十年，不但对《飞天》杂志是一个黄金时代，对中国文学和新诗来说，都是一个重要时期。令人欣慰的是，《飞天》在这期间做出了杰出的贡献，出刊 108 期，今天活跃在文坛、诗界和学术界的很多中青年骨干，几乎都曾在"大学生诗苑"这里崭露头角。徐敬亚、王家新、程光炜、于坚、彭金山、简宁、苏童、周伦右、伊甸、洪治纲、邱华栋和潘洗尘等，这些都是大家熟悉的名字，"大学生诗苑"里留下的虽只是他们最初探索的足迹，但这片处女地激发了他们青春的梦想，为新时期文学注入了新的活力。红伟兄把第一阶段称为"黄金时代"，第二阶段称为"白银时代"，第二阶段时间跨度为 1991 年至 2003 年，"大学生诗苑"栏目从第 109 辑出刊到第 174 辑，这一时期新诗写作已经进入了多元杂语、异彩纷呈的时期，《飞天》杂志也以包容之心容纳了各种流派、风格的作品，给大学生的艺术探索提供了一个宽广的舞台。我有幸以研究生的身份在"大学生诗苑"的第三个阶段（2003～2007）露面，而且亲自见证了大学生写作多姿多彩的局面。这里想说的是，我学生的诗作在第三和第四个阶段里出现，这也是我的荣幸。

第四、五、六章非常好！分别收录了"大学生诗苑"栏目的评论文章、编者言论和评奖活动。这三章也是原生态的史料，展示了《飞天》杂志曾经的风采，也给读者提供了一份值得珍藏的新诗研究资料。值得一提的是，公刘和谢冕的评论，今天读来，这两篇评论依然是高水平的，而且都显示出了两位诗界前辈对新人的热情关注和扶持之情。第八章《优秀诗作》的展示，也是一份好资料，这几首诗的确水平高，清新耐读，相信这几位诗人依然会怀想青春季节的写诗经历。第十一章都是"大学生诗苑"栏目作者的一些回忆文章，我也写了一篇，刊登在《新华书目报》上，这些回忆文章不只是对一段写诗经历的叙述，也从一个侧面反映了几代诗人的写作经验及对文学的理想，当然也是《飞天》杂志文学贡献的另一种叙述。

于坚老师的序言为《历史不能忘记》，这个标题非常好。《飞天》杂志创办的"大学生诗苑"对诗歌的贡献是不可磨灭的，它对校园文学和年轻人的写作的扶爱是难以言尽的。虽然今天文学和诗歌都面临着困境，甚至出现了各种分化的异象，但《飞天》杂志所秉持的文学理想，所追求的诗歌精神，依然在很多人心中荡漾，因此，我们没有理由过多抱怨，有诗歌的日子就有快乐，有诗歌的时光就有希望！

画中有诗

前些日，怀存从英伦回来，送来了她刚刚出版的《怀存书画》。这部由广东教育出版社出版的书画集印刷精美，内容也很厚重，反映了怀存近几年的书画创作成绩，特别是在国画创作方面的成就。这部书画集出版前，怀存约我给它的目录和介绍文字做个英文翻译，因此它的扉页和版权页里也有我的名字。

和很多女画家一样，怀存喜欢画花卉，尤其是喜欢画大红花，美人蕉、荷花、梅花和高原红菊，等等，在她的笔下，花卉都红艳艳的，很热烈地开放，好像一个穿着鲜艳的水墨女子从静雅的屏风后面大大方方地走出来，给人以饱满激越的生命气象。

怀存小时候生活在青海土族家庭，对青藏高原有着深厚的感情，而且草原的风物也熏陶了她坦诚执着的性格，因此她画高原的红花，是带着一份虔诚和热爱的。《阳光照下来》《高原红似火》《穿越秋天》等画作中，粗犷中泛出坚定气质的红花，让人眼睛为之一亮，心灵为之一震。怀存也喜欢画荷，她的很多佳作都以荷为意象，构造了生动活泼的气氛。我曾到过她的画室参观，她的长卷清荷是纯水墨的，每一小幅里，三四枝清荷，淡墨色的叶子，婀娜多姿，点染一些淡黄和淡紫，显得干净利落，也有一股清冽之气。

《无言时光》是一幅荷图，一片落叶，一枝莲蓬，泼墨画出，给人大气从容的感觉，仿佛一世的光阴都浓缩在无言的生命之中。

《夏塘荷趣》色彩丰富，趣味浓郁，墨蓝色的荷叶衬托着两朵粉荷，还有一只蜻蜓，似在吸着露水，享受着一番清凉。《鱼儿荷塘》也是一个长卷，小青鱼在荷叶和荷花间游弋，逍遥自在的样子，仿佛在世外桃源生活。我想，这种自在的生命意象，正是怀存性格的写照，她追求人格自由，不受世俗的羁绊，不与市侩同流合污，愿做一枝简单、纯粹、清洁的荷花，我觉得这是一种高蹈的人格。怀存为孩子写过很多诗，出版过多部童诗集，还给孩子创作过绘本，她是很有童心的诗人。在她的画里，诗心、童心也真切自然地融合在一起了。

除了荷花，梅花也是怀存笔下的意象。与荷相比，她笔下的梅花色彩更浓烈，结构更繁复，大气雍容，其枝干遒劲有力，显示出原始的力量。鲁迅文学院的大厅里就挂着怀存的梅花图，那一幅画里，就有怀存对梅花内涵的理解。

兰草也是怀存的最爱。《兰梦》画的是一丛墨兰，这种花我养过，清雅而不失野趣，简单又带着丰富，是爱诗爱书的人最欣赏的生命。怀存笔下的兰草，简练而不失婉约，有女性柔和宽容的美。

怀存也画过几幅竹子，《爱在竹林》中的竹子疏密有间，加上几条游动的金鱼，增添了些许隽秀，形成动静交融、生机盎然的意境。看得出来，怀存受中国传统画派的影响，颇得郑板桥、齐白石和吴昌硕等画家的影响，对前辈画家的艺术精髓吸取多多。

她画的小盆景，也是一绝，往往一朵花，一根草，一片叶，就构成了完满的艺术景象。还有她的山水画，记录着童年的情景，把人带入童年原色。

怀存是诗人，其诗中有画，画中有诗，很强调意象的营造和意境的修炼，因此每每下笔，必有惊人的形象，并有震撼人心的魅力。我和怀存交往多年，对她的诗歌、散文和绘画，还是很了解的，对她的为人更是熟知。过去以为她是一个纯粹的诗人，现在看来她也是一位纯粹的画家。

古代诗人，很多都是书画家；而书画家，也大多数是诗人。怀存传承了这种中华艺术的血脉，是能够把诗、书、画融为一体的艺术家，因此她能在诗与画中自由徜徉。我为之欣喜，为之振奋，也为之祝福！

唯美的色彩叙事

认识牟艾莉纯属偶然。大约一年前，在微博里看到她贴出来的油画，感觉眼前一亮。于是，两人开始交流，发现她原来在中央戏剧学院读戏剧学博士，且正在写关于儿童戏剧的博士论文，我当时也申请了一个关于当代儿童戏剧的人文社科规划项目，聊得就很投机。渐渐地，我知道牟艾莉是四川美院的教师，而且也善于动画片编剧，是典型的一专多能艺术家。

牟艾莉的油画主人公一般都是女人或少女，她们姿态安静，或冥想，或沉思，给人鲜明的女性叙事的特点。牟艾莉的油画重色彩的铺陈，讲究氛围的营造，把油画、版画和绘本等有机结合，形成了多方面品质的交汇。

我赏牟艾莉的油画，第一个感觉就是有很强的叙述性。《世界是我放走的那只鸟》就建构了一个很独特的叙述空间，一位戴着鲜花、穿着绒裙的少女，低着头，双手略略下垂地抱住孔雀头的鸟笼子，她的身后是一只鸟，还有充满梦幻色彩的孔雀开屏图。鸟笼子空空荡荡的，细细的竹丝围成的圆形，让人回味一只鸟的存在。结合画的题目，联想更加难有限度。《枕着凤凰的美梦》描绘着一位裸身女人，躺在凤凰图案的被单上，酣然入睡的样子，让人产生一份怜爱，也给人一种恬静和安谧的感觉。这幅画带着鲜明的故事色彩，引发人关于爱情、关于生活的诸多想象。《寻找夜莺》的叙述性也挺强的，穿绿色花裙的少女回头看着，神情有些慌张，甚至带着点惊恐，也流露出一丝忧伤，似乎她正在受到一个深爱但又可能伤害她的男人的追逐和呼唤。它的色彩也非常热烈，整幅画以红色为基调，黑色、褐色和绿色点染交错，形成了一个极有感染力的气场，衬托出少女内心的紧张和焦虑。《琪琪的思念》好像就是在讲述一位怀着爱和梦想的少女的故事，她趴坐在桌边，用笔画着心中的图画。这幅画的基调是淡黄色，其他各种颜色构成了一种缤纷如梦的意境，让读者感受到了怀春少女的思绪，也仿佛听到了画家内心的跳动。

牟艾莉的油画也有着唯美的风格、纯情的格调。《午夜的奥弗利亚》是以紫色和黑色为基调的，穿裙裾的少女侧身而立，背景是暗夜里的鲜花、绿树，静静的景物和人让人感受到了一种心灵状态，一种安静但又躁动不安的生命。这幅画装饰性强，小动物和小花朵在其中起到了难以言说的衬托和隐喻作用。《索尔薇格的等待》有绘本的风格，一个女人穿着黑色的羊绒衫，外穿一件月白色的无袖裙，手捧着一只黑瓷碗，一头梅花鹿站立在她身边。她的背后是一堵淡绿色的墙和一扇淡蓝色的门，门上和墙上都有装饰性的图案，充满着童话色彩，体现了人和自然的和谐，给人一种天人合一的感觉，也给人安详和纯美的印象。《水之萤火虫》也是一幅有着浪漫主义色彩的油画。其中，一位大眼睛的少女穿着白裙，披着柔软的长发，头上扎着白色的花蝴蝶结，站在荷花之中。画家把荷花和荷叶画成了淡粉色，与背景的颜色纯然一体，极富装饰性和感染力，也有绘本的感觉。

《女演员》《娜拉回家》《恋爱中的莎士比亚》《化身为鱼的爱情》和《奇异鸟的幻想》等画作，也充分地展示了油彩的魅力，让浓烈的色彩在画布上夸张而不乏节制地渲染，叙述画家对高蹈空灵的人生的追求和向往。这些画，显然带着某种自传的特点，有点像浪漫主义小说中带着些作家自传的意味，但总体来说又不是写实的。

和牟艾莉见面喝过茶，谈过一些关于绘画的话题。她不是那种刻意玩弄技巧的画家，她的油画用笔不是很张扬，不是那种学院派油画家爱用的很夸张的油彩，她的油画着色比较从容，带着版画的写实，又有绘本图画的装饰性和童话色彩。我曾经在给她的邮件里说过，她的油画受到印象派油画的影响，但比印象派更唯美，更单纯，更富有女性气质。这似乎对她有些过誉，但欣赏过她的画作一定会改变自己的成见。女性画家有一个很大特点，就是情感细腻，对内心世界的叙述是惟妙惟肖的，这种把情绪和思想细致地内化于色彩里的手法，是一般男性画家难以做到的。牟艾莉的油画里，显然有这些艺术元素和特点。

牟艾莉也是很有童心的画家，她有一个梦想，希望将来能创作出真正的中国绘本。油画家来做绘本，尤其是怀着梦想、带着童话情结的人来做绘本，无疑会成功的，我热情期待她走进绘本创作队伍。那自然是孩子们的福音，也是一个研究儿童戏剧美学的博士一定能担当得起的重任！我相信她能以唯美的风格，给油画界吹来一股纯净的风！

超美的艺术享受

唐云辉老师的画，早就熟悉，他主要给少儿刊物和书籍画插画，不说家喻户晓，至少在少儿出版和儿童文学作家中声誉很高，可谓自成一家。他在北京、上海等城市多次举办画展，可惜我没去参观欣赏，但我对唐老师的画是有很多看法的，尤其是欣赏过他的画册之后，更多了一些认识。

唐云辉老师擅长水彩画，主要成就在儿童插画上，国内很多优秀的儿童读物和报刊的插画都出自他的手，但他的画风浪漫中有稳健，带着一种跨界艺术的味道，比如说，他的绘画里，水彩画常有水墨画、油彩和粉画的感觉，也有诗歌的抒情和童话的幻想。

唐云辉老师特善于画动物，尤其是狗、马、熊等动物，在他笔下，可以说是赋予了很多人性的关怀和理解，也带着诸多幻想的色彩，饱含着画家对生活的内在理解和对美的世界的领悟。《生命中那段单纯的时光》这一幅堪称一流，画的是一只年纪不小的狗，它穿着西装，戴着领带，站在旷野里，背后是一栋房子，旁边有一盏灯，它目光深情但也落寞，似乎是在怀念童年，又好像是在追忆爱情。这幅画面里，有一种生命的沧桑之感，给人无限的留恋和怀想。从调子上看，画面是灰色的，但狗身上穿戴的淡蓝的衣服和淡粉的领带，还有它那丰富的面容表情，显示出了画家丰富的功力。《谁会拒绝幸福》系列也是很棒的画，它的主体形象也是狗。以《谁会拒绝幸福·之一》来看，这幅画中有着浓郁的都市气息。穿着休闲服、带着太阳镜的狗双手插在牛仔裤兜里，很潇洒的样子，让人忍俊不禁。《天降幸福》也是如此，穿着休闲服的狗很绅士地站着，双手插在裤兜里，戴着耳麦，转过脸，静静地看着一匹马，它的身后是一片空茫的水世界，头顶的天空里，迷雾一样的气息中，散落着一些似雨一样的碎碎花瓣。还有《下午茶》系列，悠闲的狗、休闲刊物和茶杯，梦幻般的组合，使得画面多了一份都市里的宁静。看得出来，画家把狗拟人化，让狗在艺术中替代人的思维和行为，这也是一种别样的观照世界的方式。

唐云辉老师画马也是一绝，他笔下的马俊美、清秀，颇有王子风范。《站在梢头》就是一幅以马为主体意象的画。它是以绿色为基调的，又掺杂了赭黄和淡红，整体格调是朦胧的。与前面提到的作品一样，它的内涵也极为丰富。画家画的是一匹马，它安静地立在原野，旁边是一堆石头，上面插着一根木梢，木梢尖上停着一只蜻蜓。而马的身上又像幻境一样呈现出一片荒凉寂静的原野和一栋老屋。这幅画从构图上来说，犹如电影里的蒙太奇，而且好像诗歌里构造了一个时空交错的意象空间，因此给人空旷、久远的想象空间。

唐老师的画大多是以插画的形式发表或出版，但他的很多插画不同于一般的插画，不是完全依附于文字作品的，很多都形成了独立的艺术空间，完全可以当作单幅创作来欣赏。总体来说，他的画很重意境，而且他对意境的构造也是很在行的，每一幅画都有一个主体形象，也就是一个中心意象。然后围绕这个中心意象，再来配色，再来加入别的形象、景观，使每一幅画都形成一个具有诗情画意的空间，给人无限的思索。

品唐云辉老师的画，是一种超美的艺术享受。儿童插画艺术世界有唐云辉老师的创造，是孩子们的福音。

想念我的小学

　　有一次去一所小学讲座，一位小朋友问我在什么小学上学。这使我想起了自己的小学。

　　我老家在湖南南部的山村里，那是一个几乎四面是山的村子，中间是水稻田，小学就坐落在水稻田的中央。

　　据说，小学原来是一座破庙，后来和尚不知道什么原因都走了，它就成了我们的小学。它是一个四合院，四排房子，按照东南西北的方向围着，呈四方形。房子的中间是一片空地，也是我们的操场。小学的条件之简陋，现在的孩子想象不出来。每间教室的门都没有门扇，窗子都是空空洞洞的，没有窗格子，更没有玻璃。冬天，刮冷风时，我们个个冻得或者流鼻涕，或者跺着脚。春天和夏天，进入雨季，外面哗啦啦下雨，里面淌着水，有的孩子怕水泡坏了鞋子，干脆赤着脚。教室里也没有课桌，老师让我们从家里背一些砖块和松木板来，他架成课桌。我们坐的凳子都是从自己家里带的。在墙壁上抹上水泥，然后用黑色油漆刷一下，就变成了一块黑板。

　　学校里总共只有五位老师，给我们上课的老师都是民办教师，都没有受过高等教育，他们是从村子里的小学毕业或乡里的初中毕业的，不会说普通话，也不会讲课文。每次上语文课，基本上就是抄写课文和字词，哪有什么教学法，更没有现代教具。村里的大人们对学校和老师的要求也很低，只要能教我们认几个字，读几本书，家长就很满意了。每次开学，家长送自家孩子报名，差不多都会客客气气地对老师说："老师，我们没文化，孩子交给你们了，要打要骂由你们！"所以，课堂上，老师拿着教棒，打打不听话的调皮学生是很正常的，没有谁会觉得不对。村里的孩子都出身于农民家庭，父母没有读过书，谈不上有文化，对孩子除了给吃的、穿的，没有什么情感和心灵交流。孩子们都是在粗糙的环境下长大的，进了学校，自然没有什么好习惯，大部分上课坐不住，难以进入学习状态，所以一到考试，吃"大鸭蛋"的不少。学区里一有统考，老师脸上就挂不住，排名肯定靠后，但老师们除了用教棒敲打几下，一点办法也没有。

我还记得，小学的同学一半以上都有流鼻涕的习惯。一年四季，不论春夏秋冬，鼻子下面总挂着两串白的或黑的鼻涕。上课的时候，老师在黑板边讲课，底下的学生都在不停地流鼻涕，可以说，鼻涕声此起彼伏。我小时候爱干净，从来不流鼻涕，因此老师很喜欢我，还多次夸我干干净净的，一看就有出息。那时候个子矮小，我总坐在第一排，所以不太受爱讲笑话、爱做小动作的淘气同学干扰，学习成绩自然很好。老师总觉得是我上课听讲认真，从他那里学到了真知识。说良心话，那时候我胆子小，不敢吵闹，不敢做小动作，其实，我也不太认真听课。老师讲的知识，对我来说，没有什么启发。家里有些藏书，读三年级时，我就能读懂四大名著，而且读了一些其他的中外名著，也读了不少少儿报刊，算是语言启蒙早，和村里其他孩子有不一样的理解力，考试成绩自然不差。

小学时，也经历过不少有趣的事，至今还记得。比如说，每一年学校都要举行文艺会演，我在文艺会演里表演过舞蹈，还作为优秀学生代表发过言。我们这一个班里，第一个被评上"三好"学生的就是我，我还第一个在学区竞赛里为学校赢得了第一名。有一次作文比赛，我获得第一名，还得了一本《新华字典》。别小看一本《新华字典》，它对一个山村孩子来说，是非常珍贵的奖品。还有一次，村里要搞一个会演，学校里排练了几个节目。我被老师挑着和一个女同学跳双人舞《草原儿女》，在正式表演时，我穿的裤子的腰带断了，裤子一下子掉到了脚跟，小鸡鸡都被曝光了。当时，围着台子观看会演的村民和学生有上千人，都哈哈大笑，我羞得直哭，但老师让我系上裤带，继续跳，我竟然咬着牙跳完了这个双人舞。长大了，我读了大学，也成了大学老师，有几次回老家，村里有一个老婶婶见到我，还笑着说："小时候你跳舞，小鸡鸡都露出来了。那时候你就比别的孩子机灵，我就知道你是个有出息的孩子。"在旁的几位老叔叔、老婶婶都笑得东倒西歪，合不拢嘴呢。老婶婶是看着我长大的，她说的话很随和，但让我的确有些尴尬。

现在，山村变化了不小。因为计划生育，村里孩子越来越少，小学也被合并取消了。村里的孩子要上学，只有到十多里路远的中心小学去，有的父母干脆在县城里买房，送孩子到县城里上学了。水稻田中央的小学已经被村里用作烤烟房了，但每次回老家，我总要到那个老旧的四合院去看看。

老房子

一直很怀念在老房子生活的日子。可惜老房子早就拆掉了。

说起家里的老房子，也有一些历史了。父亲小时候，过继给了他的叔叔。那时候，父亲的叔叔，也就是我的叔辈爷爷很穷，没有结婚成家，而爷爷有五个儿子，家里也穷得养不起这么多孩子，于是，排行老三的父亲就过继给了他叔叔。

父亲的叔叔其实几乎没有抚养过我父亲，他长年在广东挑盐，好像病死在了韶关。父亲没了继父，只好又回到了爷爷家，和他的兄弟在一起。父亲的伯父伯母也因为贫病早逝，他们唯一的儿子，也就是我的堂叔叔，就由我爷爷收养了，所以，父亲兄弟就变成了六人。在这样一个大家庭里生活，免不了会产生一些矛盾，尤其是妯娌之间，多少会有一些摩擦和隔阂。记得我小时候，爷爷虽然年龄大了，但总是会带着伯伯和叔叔家的孩子，我和两个弟弟，他几乎没有管过。多亏外公外婆和我们同村，而且离得很近，所以小时候我和弟弟主要由外公外婆照看。爷爷去世的时候，别的孙子哭了，我竟然不会哭，因为一点也不觉得伤心。现在想起来，爷爷并没有错，这么多的儿子，这么多的孙子，哪里有精力顾得过来呀。何况我的外公外婆住在同村，外公外婆照看得比他细心多了，他当然可以少操心。

说了这么多，回到老房子。它不是爷爷给我父亲的财产。过去，农村里家家户户都有这么一个习俗。儿子大了，娶了媳妇，就得分两间房子给儿子和儿媳妇，让他们独立过日子，但爷爷没有那么多的房子供六个儿子住，就把父亲的继父——也就是爷爷的弟弟——的房子拿来分了，我们家就住了两间，这就是我们家的老房子。

我在老房子里住到了上大学，直到新房子完全盖好，老房子才被拆掉。

以前，农村里的大院子是前后三栋的。老房子是一个大院子的第二栋的边屋，因为很大，被隔成了两间，后来不够用，就把紧挨着的边厅隔了一部分，做了厨房。老房子的两间房子都是东西向的，两边都有窗户，因此通风透气倒很好。因为是砖瓦结构的，架着楼梯，就可以到二楼。二楼是木板做的，很牢固，可以放很多东西，尤其是储存粮食和各种猪牛饲料。那时的厨房和今天的厨房大不一样，用泥砖砌的灶台，有两个火膛，可以同时在两个锅里煮饭、做菜和煮猪食。六岁时，妈妈就安排我早上烧饭，并煮猪食。因为个子矮，我刚好够着灶台，所以很多次揭锅盖时，都是站在小凳子上完成的。有一次，要喂猪，我拿起一把大木勺从煮猪食的锅里把猪食舀出来，不小心烫伤了自己的脚，发炎溃烂，过了好久才愈合。还有一次，我拎着一桶烫热的猪食，跨过门槛去喂猪，结果被一块砖绊倒，猪食淌了一地，我也全身沾满了猪食，幸运的是，没烫伤。

住老房子时，还有一件事，总是记得。我们家的邻居总会为一点小事骂骂咧咧，有时候说我们家占了他家的地方，有时候会说我们家住的就是他们家的，还说我们家盖新房子的地也是他家的。听说他土改时做过"贫协会"主席，按字辈他和我父亲同辈，但人很霸道，总喜欢和村里人吵架。小时候不懂事，也不管他年龄足以做我的爷爷，每次他"找碴"时，我和两个弟弟都和他吵，甚至狠狠地骂他，一点也不怕他。也正是因为有这样的邻居，小时候特别渴望住上独立的大房子，特别希望家里也盖上大楼。父亲和母亲也有同样的愿望，当然，几乎所有农村人都怀着造屋梦。

初中时，造屋梦开始实现了。父亲由公办代课教师转为公办教师，每个月有一份工资。母亲开了一个小商店，一年能挣几千元。在三十年前，这是很了不得的收入，连大多数城里人都不敢想象。新房子就盖在老房子旁，前后两栋，一共有九间大房子，两个堂屋，还有一个厨房，一个天井。新房子还有两层，由水泥和砖块砌的台阶直接从天井到二楼。有了这么宽敞的房子，老房子就没有人住了。没多久，父亲说雨水多，老房子没人住，很容易坍塌。他和母亲一商议，就拆掉了。

老房子拆掉时，我在外面读大学，也没留下什么东西。如果我在家，一定会留下家里的石磨的。小时候磨过豆腐的石磨、几个旧樟木柜子，都是很好的物件。大弟有心，他把我们小时候睡过的雕花宁式床留了下来。

现在回老家，老房子的旧址变成了荒地。原来的新房子因为没人住也变成了老房子。小弟在佛山买了房子，我在北京也买了几套房子，住进了别墅。大弟在家行医，住的也是自己盖的三层楼，算是乡村别墅吧。

去年，回了一趟老家。还去老房子旧址看了一下，想起了因病去世的母亲，心里有些酸楚。老房子没了，意味着家里生活条件好了。母亲去世了，我们即使住上了别墅，家里也少了精神支柱呀。

童年的图画

　　小时候，生活在山村。老家屋后就是一座山，爸爸说它叫峦山，山上长满了马尾松、香樟树和油茶树等上百种南方的植物。

　　屋后的山是我们孩子的乐园。村里离山比较近的一个生产小组的孩子们都喜欢到山上玩，打仗，捉迷藏，捉小鸟，玩别的游戏。常常，我们一放学，就会跑到山上去，玩到很晚，直到爸爸妈妈喊我们回家吃饭，大家才恋恋不舍地回家。

　　记得春天和初夏，雨水来了，山里的树木会一下子变得郁郁葱葱，而且山茶花、栀子花和蔷薇花等会一片一片开放，漫山遍野都是绿油油的，充满着生机与活力。春分的时候，一场春雨过后，马尾松林里就会长出很多蘑菇；清明节的时候，雨过天晴，竹笋也会一根根从地底下冒出来。我们拎着小篮子，只要到山上待半个小时或一小时，就可以有满篮的收获。

　　小时候，我最爱画画，那时候，学校里没有师资条件，学校里没有美术老师，大自然就是最好的老师。屋背的峦山就是我身边的老师，它教我辨别各种植物，教我辨识丰富的颜色，教我欣赏美丽的图画，也激励我绘出心中的美景。我到镇上的文具店里，用爸爸妈妈给的一点零花钱，买来白纸，买来彩笔，买来画架。我站在屋后画，我站在峦山里画，画山里的树，画山里的花，画山里的草，画山里的蘑菇，画山里的小鸟，画山里的溪水……我画呀，画呀，屋背的峦山渐渐渐地画在了我的心里。

　　长大后，我离开了家乡，住在城市里。我虽然没有成为画家，但我的心里、我的文字里，还有一幅幅美丽的童年图画——那是家乡的山村，那是屋后的那座峦山。

怀念那颗南瓜和那只灰兔

十年前，我还在安徽一个大学教书，当时我刚刚结婚，和爱人居住在学校分的一套两居室里。那是一栋青年教工宿舍，我们住在底层，推开窗子，外面就是一排梧桐树和一个草坡。

我们是暑假搬进去的，只住了一年，我们就离开了那所大学，我来到了北师大，爱人去了苏州大学。我不记得看见那只灰兔的具体日子了，好像是某个暑假的一个上午，天很热，我拉开窗帘，打开窗子，想让外面的南风吹进来。当时，我朝外一望，发现十几米远的草坡上，有一只灰兔子正在吃草。"有兔子！"我不由得惊奇地叫了一声，小灰兔听到了，一伸脖子，后腿一蹬，一下子就不见了踪影。后来，我经常打开窗子，看看小灰兔是否又来了。哪怕是冬天，我都能看见它，而且它不再害怕我似的，每次都从容不迫地吃着草，在梧桐树下坐一坐，然后就窜到楼后面山坡的树丛里。

到了春天，我在屋后靠自家窗户的坡地上挖了一个小坑，然后到绿化科的植物园，问园林工要了一些肥土，填在里面，在菜市场上买了几棵南瓜苗，种好后，我天天浇水，隔几天施一次肥。那一段时间，小灰兔照样来草坡上吃草。有时候，当我在给南瓜苗浇水时，它会停下来，朝我这边看一看。

初夏雨水多，植物长势很好，南瓜苗长得越来越壮，越来越长，把小土坡都爬满了。到了端午节时，南瓜藤开始开花结果，快到暑假时，结了六七个像小枕头一样的南瓜。我和爱人用它做菜，用它熬粥，可就是吃不完，后来，我们就摘了送给邻居和同事。暑假快结束了，我们也快要搬家了，南瓜苗还在结着瓜。有趣的是，有两次，我竟然发现那只小灰兔跑到了南瓜苗边，啃着嫩叶吃。我没有驱赶它，让它小心翼翼地吃，小灰兔并不贪婪，它好像并不想破坏南瓜藤，只是偶尔吃着玩。

直到我们离开学校的前一天，小灰兔还来到窗子边，啃着我种的南瓜苗。现在，在北京，虽然居住的地方很美，绿树很多，小鸟天天在窗台边喳喳叫，小灰兔却一直见不着。当然，因为住在十一层，也不可能种南瓜了。我因此特别怀念那些在窗外爬满草坡的南瓜藤。那只小灰兔还在的话，一定也老了，或者它已经有了很多孩子，添了很多小孙子。

窗外的鹧鸪声

住在校园里的小两居室时，春天和夏天，小鸟很多，每天一大早，我都被窗外榆树和槐树上喜鹊的叫声唤醒。

前些日，搬到了学校后门附近的新居里，很舍不得离开那些喜鹊，生怕再也听不到它们快活的叫声。新社区应该算是京西比较高档的社区吧，虽然板楼达二十层之高，但楼间距还是很大的，中间有大块大块的绿草坪，还栽了很多树，也布有绿色迷宫和小湖，还有多个乘凉的亭台，孩子们有的是地方玩耍。搬进新家的那一天，我对妻子说："我们要告别喜鹊的歌声了！"她也有同感。

可正式住进新居后，每天一大早，窗外就传来"咕咕咕咕"的叫声，我对妻子说："北京怎么会有布谷鸟？"妻子笑了，回答说："这哪是布谷鸟叫呢！再说现在是惊蛰，南方的布谷鸟往往是清明、谷雨播种时才会咕咕地叫！这是鹧鸪鸟的叫声！"

哦，我不知道妻子说得对不对，我没有见过鹧鸪，但古典诗词里告诉我，鹧鸪是生活在南方的鸟儿。如辛弃疾的《菩萨蛮·书江西造口壁》："郁孤台下清江水，中间多少行人泪。西北望长安，可怜无数山。青山遮不住，毕竟东流去。江晚正愁余，山深闻鹧鸪。"这首诗告诉我，诗人在江西的深山里听到了鹧鸪声，从而产生了归乡之情。再如郑谷的《席上贻歌者》："座中亦有江南客，莫向春风唱鹧鸪。"从这诗里也可以看出，鹧鸪喜欢在江南的春风里啼唱。不过，我询问了社区里几位老师，他们也说这好像是鹧鸪的叫声，而且他们告诉我，鹧鸪在南方多叫竹鸡或石鸡。我倒不是一定要对证鹧鸪之音，而是很诧异，也很欣喜，居住在北京市区的大型社区里，竟然能够听到那么多鸟儿的叫声。在校园里，我经常能看到麻雀、喜鹊、灰雀和画眉等在大杨树、槐树、榆树和鸢尾花树上打闹，搬到新社区后，在社区周围的树上和草地上，也经常可以看到各种小鸟在喳喳唱歌。有时候，我甚至觉得自己好像不是住在北京，而是回到了遥远的乡村。有好几次，朋友从外地来拜访我，我请他们到家里喝茶聊天，他们听到窗外的鹧鸪在"咕咕咕咕"地叫着，也感到很惊讶。不过，朋友说鹧鸪是不太可能生活在华北地区的，这可能是鹌鹑的叫声，他还告诉我，五六月份正是鹌鹑产蛋和孵化的季节。前天，一位住在西城区的朋友上午来我家，我们正在聊诗歌写作的时候，窗外又传来了"咕咕咕咕"，这位朋友立刻风趣地说："这就是诗！小鸟吟诵的田园诗！"

住在北京，很多人感觉到疲惫不堪，上班累不说，工作的地方离居住的地方很远，很多人买汽车其实是万不得已。但有了汽车，也会天天面临堵车的问题。很多社区高楼林立，楼间距很小，绿地面积也很小，开发商恨不得把所有的地方都盖上房子，都铺上水泥，都砌上围墙，开满店铺，所以绿树越来越少，小鸟们离城市越来越远。我住在积水潭附近时，除了乌鸦，麻雀都很少能看到，更不用说喜鹊、鹧鸪与鹌鹑了。后来，搬到了石景山区，它算是八大城区之一，但每天有小鸟的歌声为伴，道路两边的绿树也很多。因此几乎可以说是生活在绿色环境里，这无疑是令人高兴也令人羡慕的了。

不管怎么说，在社区里能够听到鹧鸪的叫声，说明城市的绿化的确起了作用。如果没有安静的绿色的环境，没有比较清新的空气，没有高素质的人群，小鸟们肯定会远离我们的。真希望大家都有环保意识，希望绿树、草地围绕着每一个社区，希望每一个生活在都市里的人在春天和夏天都能听到鹧鸪的咕咕声。

"咕咕，咕咕！"我在写这篇散文的时候，鹧鸪的叫声又从窗外传来。感谢你们，你们给城市增添了诗意，也让我更加渴望绿色的世界！

那一盏煤油灯

读小学时候，村里还没有电灯，晚上要点煤油灯。

记得那时候，特爱看小人书。晚上，在煤油灯底下入神地看，等到小人书读完，鼻孔里都有黑色的煤烟，但我丝毫不觉得难受，也没感觉到煤烟的刺鼻。我只是沉浸在书香里，仿佛小人书就是一切。

读中学时，学校里已经有了电灯，但晚自习经常会停电，因此，我们读书、写作业，很多时候也还是在煤油灯底下。那时，我们每一个学生都要准备一盏煤油灯，放在教室后架子上，停电了，就各自端到课桌上，点亮，然后读书、自习……煤油灯一直陪伴我到高中毕业。

煤油灯很简单。有的是用墨水瓶做的，有的是其他玻璃瓶做的，在空瓶子里灌上煤油，再盖上铁盖子——当然，盖子上要戳一个孔，用一根小布条或一个细棉绳穿进去，它的大部分被瓶子里的煤油泡着，我们点亮它露在瓶盖上的那一小头，就是一盏亮亮的煤油灯。在没有电灯的时代，农村里几乎家家户户都用煤油灯。在煤油灯下拉家常，在煤油灯下缝补衣服，在煤油灯下炖汤，在煤油灯下给孩子洗澡，在煤油灯下准备年夜饭……煤油灯点亮了山村的夜晚，也点亮了孩子们的梦。

小时候，在煤油灯下，我常常想：什么时候能用上电灯呢？什么时候能过上城里人的生活呢？妈妈知道我的想法，就对我说："孩子，好好读书吧。不然，你只能永远在山村里生活。"妈妈的话，我记在心里。我知道，对一个普通的农村孩子来说，要改变自己的命运，只有努力读书才能走出山村，才能过上城里人的生活。

后来，村里安装了电灯，家家户户不再用煤油灯。因为家里也盖了新房子，老屋拆了，煤油灯也不见了，但我一直记得小时候点过的那一盏盏煤油灯。

煤油灯，照亮了我的童年，给了一个山村孩子希望。

家乡的文脉

　　家乡安仁地处湘东南，因为在五岭的北侧和罗霄山脉的西部，多山和丘陵，境内河流交错，还有很多秀丽的风景。我走过很多地方，欣赏过很多奇妙的风景，仍然觉得家乡的山水其实很美。

　　小时候，我喜欢绘画，就用水彩描画老家门前的田野和山峦。那时候，我想当科学家，将来有能力改变家乡落后的面貌；我也想当一名画家，用手中的笔来描绘家乡的山山水水。后来，无意之中，由大学英语教师这一职业转换成了一位大学中文系的教授，从事文学创作和研究，也懂得如何用文字来表达自己的情感和思想了，就很想写几篇关于家乡的文字。

　　这些年来，我写过一些关于童年的文字，但很少为家乡认真地写些像样的文章。一是因为我自己觉得家乡可以写的东西太多了，以我笨拙的笔，是很难描绘好的。二是因为我对家乡的情感太浓烈，太执着了，所以每每下笔，总有千言万语在心头，反而写不好，或一时难以倾诉出来。当然，还有一个重要的原因，那就是家乡有一批很好的作家，有一些很令我尊重的文学界的长辈。他们的文字都很好，而且在文学创作上是走在我的前面的，我不太敢随便在他们面前写他们也都很熟悉的家乡。如刘鸿，在湖南财经学院任教多年，出版过的长篇小说《风流大学生》，被拍成电影、电视，风靡一时，现在他一边从事房地产投资，一边还在写作，是安仁第一个加入中国作家协会的作家。如罗范懿，他是从乡村电影放映员出身的安仁本土作家，不但出版了乡土小说集《冬种春收》，还出版了关于马、恩、列的系列传奇著作，组织过安仁作家重走长征路，在国内有一定影响。现在县委史志办担任主任职务的欧阳启明，早就在《湖南文学》发表过《七弯八拐的永乐河》，也是文学湘军的一员，可惜近年来忙于史志工作，加上其他公务缠身，写得不多了，但他对安仁文学事业的贡献是有目共睹的。谢宗玉和我都在安仁二中（现在的安仁三中）读过书，他考入湘潭大学中文系后，很快就在文学创作领域起步，出版了《天下无贼》和《天垅上的婴儿》等多部小说、散文集，属于"文学新湘军"的代表性作家，曾被列为"湘军五少将"，他也是中国作家协会会员。我的小弟谭旭日得到欧阳启明和罗范懿等老师的长期鼓励，这些年发表了不少作品，出了书，还加入了湖南省作家协会，今年他又出版了一部散文集。我曾经收到过曾担任安仁文化局副局长的邝慧兰老师的散文集，还收到过教师进修学校校长吴清分老师的诗词集，也几次和李琼林、谭湘豫、张扬贱、王诗语、段邦琼、樊冬柏和小彭等人相聚，每一次交流，我都感觉到他们内心里有一种淳朴的品质和对文学世界的痴迷，我很喜欢这些家乡的老师和朋友，他们是家乡的文胆，他们用手中的笔为家乡写出了很多质朴的文字。

安仁还有几位文胆是值得一提的。如李绿森，他 20 世纪 50 年代就写农村题材小说，出了书，也参加了全国青年创作积极分子大会，这是很不简单的。在文化随笔和新闻报道方面，安仁出了谭涛峰这样的著名记者，他长期担任《湖南日报》驻郴州记者站站长，出版了好几本新闻作品集，为安仁写了大量的新闻报道。近几年，他退休了，但还坚持不懈地写作，关注家乡的建设，写了不少介绍安仁山水人物的随笔。小时候，我是很崇拜他的；上大学时，我给校报写新闻稿，也写过新闻论文，很大程度上也是因为心里有他的影响，那时候很希望自己也能像谭涛峰老师那样，用手中的笔来为家乡服务。现在担任安仁县委宣传部副部长的何书典，他和我同村，也是写新闻的好手，近两年在《郴州日报》《湖南日报》发表了大量的新闻报道，为安仁的宣传工作做了不可小视的贡献。

安仁有这些会写作的老师和朋友，我觉得是因为安仁的山水里有一股文脉。永乐江的水，有五岭山脊里隐藏的灵气；熊峰山里，有历代安仁文化人留下的足迹。安仁人杰地灵，出了欧阳厚均，出了唐天际，出了周轻鼎、周国桢，出了李小鹏，出了刘一祯，出了刘鸿、谢宗玉，等等，难道不是一方水土养一方人吗？从文化地理学的角度来考察的话，安仁之所以能够涌现出那么多杰出人物，都是因为有文脉，有化育心灵的土壤。没有这种独特的天时地利，就不会有安仁那一茬茬了不起的文学作品。

赶春分

　　老家安仁有一个很奇特的节日——赶春分，可能全国别的地方没有过。以二十四节气之一的春分为节日，的确是新鲜事。

　　赶春分是安仁的传统节日。不知道从什么时候起，每年春分节那一天，全县人都要去赶春分，安仁土话也叫"赶分下"。

　　赶春分是这样的。春分节那一天，县城里就会有中草药集市贸易，还有农具集贸市场，县里其他小镇也有中草药和农具集市。村里的农人都要去集市上去选购农具，还要去采购中草药，有点类似于赶集、赶墟。但赶春分时的集市贸易不同于平常的集市，它有乡村仪式性质，带着农耕文化的气息。赶春分的时候，男女老少都穿着新衣服，兴高采烈地出门。年轻的姑娘和小伙子都要穿上时尚新衣，甚至是骑着自行车，开着小车，去逛一逛，去亮一亮自己，也许还会遇到意中人。白天，各种特色小吃让每一个光顾者大饱口福；晚上，各种夜宵也会让人流着口水。安仁物产丰富，特产很多，有干笋、野菌、蕨菜等各种山货，有大米做的各种小吃，其中，最有名的就是草药炖猪脚和米豆腐。草药炖猪脚是一种乡村补品，相传神农来到安仁，传播农耕文化，春分时节正是播种之时，天气还有些寒凉，农人刚下水田，需要滋补身体，就有了草药炖猪脚。米豆腐是用大米磨成粉，然后和水成浆，在平底锅上一蒸，就做成了米粉，米粉切成条状，加上豆腐和肉做的臊子，味道极好。米粉也是安仁的特产。安仁米粉有几种做法：一是切成丝状，像桂林米线那样吃；还有一种是切成块状，煮成米粉块，加上佐料；再有一种做法，就是把米粉片晒干，放到油锅里炸，口感很脆，味道喷喷香。赶春分时，差不多每个人都要买一把中草药回家，炖一锅猪脚，全家人吃；差不多每个人都要到街上吃一碗米粉或者米豆腐，饱饱口福。

小时候，我跟着妈妈去赶春分。记得那时候县城很远，不能去，只好在离家十来里路的安平镇上赶春分，也很热闹。老街两旁摆满了各种药材、小吃摊点，春分时节正是雨季，大家都打着油纸伞或者是老式洋伞，很有气氛，很有江南的风韵。有一次看见别人在摊上吃米豆腐，肉香诱得流口水，我连忙对妈妈说："我肚子饿了！"妈妈一听，就知道我嘴馋了，笑着把我拉到米豆腐摊边，喊一声："老板娘，给我大仔来一碗！"于是，我又可以美美地吃一顿飘着猪油和葱花的米豆腐，把小肚子填得鼓鼓的。有一次去赶春分，妈妈给我一毛钱，我蹲在一个小人书摊上，看了一上午的小人书。妈妈知道我是读书迷，就让我在书摊上待着，自己去买农具和草药了。因为老家是山区，森林密布，中草药品种繁多，又地处湘东南，在罗霄山脉以西，五岭北麓，算是湖南、江西和广东三省交界处，历来是中草药的集散地，因此无论是县城里赶春分，还是小镇上赶春分，人都很多。现在，老家的赶春分已经变成了非物质文化遗产。每年，安仁都要举办春分节，把赶春分与油菜花节、中草药节结合起来，吸引了海内外的游客和中草药商，赶春分变得更热闹了。

去年赶春分，应县里领导的邀请，我回了老家，亲身感受了一下赶春分节日气氛，还观赏了油菜花，也去逛了中草药市场，发现赶春分已经变成了一个地方文化搭台、经济唱戏的节日。我还品尝了草药炖猪脚，也用药汤泡了脚，还回老家看望了父亲。赶春分，让我感受到了亲情，也让我更加想念家乡。

家乡的神农文化

　　我国上古传说里，有一个"三皇五帝"的说法，这也是中华民族的古老源头。"三皇"一般是指"天皇、地皇、人皇"，"五帝"一般是指"伏羲、神农、黄帝、白帝、黑帝"，他们是上古时期华夏民族的祖先，因此今天学国学、历史，讲传统文化，都要提到"三皇五帝"。非常荣幸，我的老家湖南省安仁县，据地方史料记载，就是神农采百草之地。神农，也就是炎帝，距我老家三十里之地的炎陵县，就有炎帝陵。上古的传说里也有一种说法，即炎帝也是农业先祖，他教人耕地种田，使用耒耜锄耰，安仁的"隔壁"——耒阳的"耒"即与神农炎帝在南方兴起农耕文化有密切关系。安仁县志里就提到，神农是在安仁归土的，炎帝之陵也在安仁不远之处，因此，可能在上古时期，安仁就是神农、炎帝最重要的活动之地，而且神农和炎帝可能真的就是一个人。

　　上古的故事固然难以考证，但我的老家安仁县的确有着深厚的农耕文化，而且神农尝百草的传说早就家喻户晓，家乡的药文化已成特色，安仁也成为我国南方的一个重要的中草药集散地，这是不容争辩的。说起安仁，很多人可能不太熟悉，它地处湖南东南部，位于罗霄山脉和五岭交接地带，多山，有一条永乐江流过全境。安仁在经济上并不是一个富裕县，但那里物华天宝，山川秀美，最值得一提的有几个方面：一是安仁山多，树种丰富，其中以马尾松、翠竹和油茶树为主，油茶树开花结果，采下油茶籽，就可以榨成植物油——茶油，据说，它是最好的植物油。二是安仁特产多，最值得一提的是豪峰茶，它经清雾洗过，生态环保，介于绿茶和黑茶之间，是真正的绿色产品。安仁还有各类野山菌、茶树菇和竹笋等，都是难得的山珍。三是安仁民俗文化多姿多彩。端午节赛龙舟，乡村皮影戏，元宵节的"啄鸡婆"，可以说是全国有名的。四是安仁人一直重农轻商，对农耕文化有着殷勤的守护。除以上几点外，安仁人历来爱读书，宜溪书院的历史比岳麓书院的历史还悠久。这些，都和神农文化息息相关，可以说，安仁人是"神农文化"的真正传承人。

安仁的山脉水流也可以浓墨重彩。永乐江发源于五岭山脉，它在攸县境内即与洣水汇合，流入湘江，是湘江重要的支流。我读初中、高中时的学校就坐落在永乐江边，它的水流量大，也是安仁人民的母亲河，它哺育了世世代代的安仁人，也留下了很多动人心弦的故事。安仁作家欧阳启明曾在《湖南文学》发表过一篇《七弯八拐的永乐河》，算是给这条母亲河写了一部简易的心灵史。安仁的山川和五岭及罗霄山脉连在一起，因为地理位置特殊，也是中原文化、闽南文化和岭南文化的交错之地。安仁在现代中国历史上，也是一个不可忽视的文化名词。湘南暴动、秋收起义，都有安仁人的参与。

神农是中华民族的先祖，也是安仁人的先祖。安仁人勤劳简朴，安于农业，善于耕作，性情执着，体现了神农的秉性。继承和弘扬神农文化是非常有意义的。安仁的发展，要重视文化建设，以文化立县才可以走得长远，对子孙后代也是一件大好事。现在，全国各地都在抓文化创新，但很多地方忽视了文化守成，我觉得安仁的发展应该吸取别人的教训，把文化创新和文化守成结合起来。所以，对神农文化的守护和弘扬，我有几点自己的看法。

第一，抓好农业，在此基础上，搞好稻田文化。改革开放之后，安仁经济相对落后，很多农民因为种田种地收入低，都外出打工，以至于很多田园荒芜，乡村变得凋敝，这是很值得重视的。安仁的土壤适合种烟草，也是油茶树最适合生长的地方，这是经济增长点，可以把文章做大做好。安仁也是水稻产区，水田是一道风景，把稻田风光和油菜花风光有机结合，打造一个具有完整性的油菜花和农田文化。农田文化做好了，不但满足了优质粮食和蔬菜的需要，也可以向全国提供一个农田文化的样本。

第二，把药文化节做好。安仁有一个传统民俗节日——赶分社，小时候，它只是一个中草药的集市，现在变成了各地的中草药商展示自己的一个平台。赶分社的内涵应该要加深，不但要把它变成一个全国中草药交易会，还要变成一个展示安仁中草药品牌的平台，把安仁"药都"的名声打出去。当然，最值得做的是，安仁要把自己传统的"药膳"产品做好，推出自己的拳头产品。

第三，安仁要抓好绿色文化。熊峰山森林公园被评为国家级森林公园是一个契机，要设计好、护养好熊峰山，同时要把永乐江的水保护好，千万不要污染了环境，这样既可以提高安仁人的生活质量，产生经济效益和社会效益，也为子孙后代留了一大笔财富，同时，也只有绿色环境才能保住安仁的"药都"之名。

现在全国各地抓经济发展，步子走得太快，有些地方完全走偏了，甚至迷路了。以破坏绿色生态和摧毁地方特色文化为前提的发展，都是慢性自杀，都是走不了长久的，最终要承受难以想象的痛苦。安仁的青山绿水保护好了，安仁人在碧水蓝天下日出而作、日落而息，那才是最值得欣慰的。美国西奥多·罗斯福总统在位时，正是美国资本主义发展上升时期，也是欧美工业革命高潮时期，他上任后却极力推崇自然文学，亲自到各地考察自然环境，开始了他的绿色环保治国，结果，在工业大生产中被污染的很多河流都变得清澈，雾霾和污染也得到了治理，为20世纪美国的强大打下了良好的基础。在经济和文化发展中，我们要向那些有绿色意识的人士致敬！安仁人要对自己脚下的土地怀有虔诚和敬畏之心！

以上这些，都是我个人的一些看法，不一定正确。但安仁的发展一定要紧紧围绕神农文化，强化神农文化的主题特色，使神农文化走向全国，甚至为世界所知。

不可理喻的船主

看了 2012 年河北省等省份高考语文作文材料，读了船主和漆工的故事，很感慨，也觉得有些奇怪。船主给漆工额外一大笔钱，感谢他在刷油漆的同时，补好了船的漏洞，让船主的儿子出海后安全返回。这似乎是在表达一个观点：船主懂得知恩图报，也善于识别好与坏；那漆工也是乐于助人，不图回报。当然，这种观点和看法，我们是赞成的，因为无论是过去，还是现在，无论是在家庭，还是在社会，都需要倡导这些美德，都需要这些做人的基本的善意。

但仔细读完了这个故事，我发现了一个问题：船主其实知道船有了漏洞，但又特意不告诉漆工，他是在故意考验漆工的品质吗？显然不是的。这个故事文字那么简单，无论怎么读，都看不出船主考验漆工的用意。但有一点是很明确的，那就是船主好像在故意忽视船的问题，不在乎有一个漏洞会导致什么危险。试想想，船有漏洞，而出海，那是多么危险呀！船主一定知道这个问题的严重性，为什么不主动告知漆工，不认真地叮嘱漆工补好漏洞呢？刷油漆，船的外观自然会漂亮一些；但补漏洞比刷油漆更加重要，因为这是性命攸关的事情。所以，这个故事里船主对漏洞问题轻描淡写的态度真的不可理喻。

也许，是出材料作文题目的人不认真吧！在选择和编写这个故事充当广大考生的作文材料时，是否仔细推敲过故事里的文字呢？这个故事，从道德、情感和逻辑来看，都是不符合常理的，都让人难以想象。看得出来，这个故事既不像一个哲理故事，又不似一个生活故事，更不是一个能够引发读者深刻思考的社会故事。如果出题人自己来写作文，会写成什么样子呢？这里，我不想以一位作家和关注语文教育的学者的角度来写这篇作文。我在想，幸亏我今年不参加高考，不然的话，我会被这篇逻辑混乱、结构无序、也没有什么思想的故事给绕进去。

高考材料作文，其材料一定要有内涵，要让人读得出明确的信息；说白了，就是要让读者能够比较容易地提炼出主题，然后结合自己的生活经验或社会身份，提出一些问题，发表自己的看法，从而给别人一些正面启示。

但这篇船主和漆工的故事，真的是一个不可理喻的故事，我甚至觉得这船主是一个阴险的谋杀者。他本想隐瞒船有漏洞这个事实，不巧的是，漆工发现并补好了，以至于他的阴谋无法得逞。于是，他只好装着好人，给漆工额外的奖励，从而达到堵住对方嘴巴的目的。

所以，读了这个故事，我突然感觉有些人好阴险呀！生活也不可理喻！

会议的尴尬

经常参加一些文学活动或者一些学术会议，每次都被主持人或者邀请方当作专家、学者、名人介绍，我心里都有些忐忑。

记得十多年前，我还在北师大攻读博士学位，参加会议时，别人都叫我博士。其实，没拿到博士学位时，只能叫博士候选人或者博士生，但中国人习惯这种过分的称呼，似乎这样过分地称呼别人，是一种对别人的尊敬。比如说，如果你是副主席，日常生活中，别人通常会叫你主席，没有谁会叫你副主席的。如果你是副处长，没有人会叫你副处长，别人肯定会很客气地叫你某处长。有一次，参加一个文学会议，主持人介绍到一位来自中国作家协会某部门的副处长时，说"这位是中国作家协会领导"，实际上，中国作家协会是部级单位，主席是正部级，那里的书记处书记至少是正司局级。但这也怨不得谁，如果别人这样叫你，你也得接受，不是你喜欢不喜欢的问题，这是一种中国人习惯性的"交际夸大术"或者"会议游戏"。

我还是讲师时，出去开会，别人就介绍我是教授。我是副教授，有时候出了书，编辑也把我介绍为教授。我只是业余写作，这些年也算是出了很多书，但一出去开会，别人都介绍我是"著名作家"或者"国内一流作家"之类，很吓人，令我惴惴不安。但没办法，毕竟嘴是人家的，人家要这么说，你还真没办法。有一次参加儿童文学会议，会议主持人介绍某位老作家时，说他是中国作家协会儿童文学委员会委员，还补充了一句"相当于儿童文学的中央政治局委员"。好家伙，这一介绍还真吓我一跳。要是谁说我"相当于中央政治局委员"之类，估计要当场晕倒。不过，有一次，差点把我叫昏倒，因为主持人说我是"儿童文学的大师"。在我的记忆里，好像说冰心、叶圣陶、张天翼是儿童文学大师，大家一般都没意见，而且出版社为了宣传，一定都习惯性地把现代儿童文学的前辈都称大师，但我们这样年轻的儿童文学业余作家怎么能做大师？再说，大师可不是随便叫的。

现在，文学界大师满天飞，包括儿童文学界也有不少人被称为"儿童文学大师""童话大王""童书皇后"或者"绘本大师"。我听了耳膜刺激得不行，也吓得头上冒虚汗。不知道别的人听了有什么感受，我能理解很多作家、名人的苦衷，他们自己并不喜欢这样，但没办法，"交际夸大术"在起习惯性的作用。

希望以后参加会议，主持人不会让我尴尬。我爱好文学，做理论批评，算是个评论家，但教书育人是主业，创作还是业余爱好。如果称我为是一位不错的业余作家，倒是最恰当不过。

从明年开始，书的作者介绍里，我要编辑们用最简单的文字介绍我；参加会议时，希望主持人介绍我时，说的话别让我心跳加速。

让作文贴近生活

很感动！北师大朝阳附属小学李晓平老师发来短信，让我为她学校的学生习作集写个序言。

这个集子名字很有意思，叫《童话》。我很喜欢，100 多年前，孙毓修先生在商务印书馆主编《童话》丛刊，那时候的"童话"并非是指诗歌、小说、散文和童话的"童话"，而是概指"儿童说的话"或"儿童能读的文字"。因此，朝小的学生习作集以"童话"命名，第一，说明老师们很了解孙毓修先生"童话"的含义，第二，说明老师们真的是很尊重孩子，热爱孩子的，他们把孩子们的习作看作是"童话"，即孩子们说的话、孩子们写出来的文字。

因此，这本《童话》是孩子们的创造，它不是孙毓修主编的，而是北师大朝阳附属小学的孩子们给我们展示写作能力的一个符号。

孩子们的习作自然是童心的流露，是生活的记录和反映。《童话》里的每一篇习作，无论长短，都溢满着孩子们的爱，都折射着童心的智慧，都怀着孩子们的好奇。我很喜欢读这些文字，它们本真、朴素、单纯、无邪，就像夜晚的星星，闪烁着迷人的光芒。

现在，社会上对语文课有很多的看法，语文老师们对传统的作文课也有很多看法，但大家都希望孩子们不讨厌语文，能读善写。传统的作文课，老师刻意给学生讲作文模式，让学生以某一个主题展开写作，而不是写自己真实的生活、真实的感受、真实的印象，因此，不少学生没写几个学期，就很讨厌语文课和作文了。其实，真正的作文应该回到孩子们的生活，应该满足孩子们的好奇心，张扬孩子们的想象力，应该让孩子描述真实的见闻，让孩子来表达真情实感，而不是为了某一个主题。有真实的生活和情感，孩子们写起来才会流利痛快，作文才会血肉丰满，这样的话，孩子们才不会厌倦写作。

我是一位业余作家，写了不少诗歌、散文、童话、寓言和评论，也出版了不少书，算是著作等身（当然我个子也不高），但作文教学，我并没有太多的实践经验。虽然常受到一些学校的邀请，给学生讲一讲读书，讲一讲写作，但作文之法还要多向各位老师学习。

作为附属学校平台的一员，读到了北师大朝阳附属小学的学生作文集《童话》，我特别振奋，也很自豪。读了学生的习作，也读到了老师们的点评，感觉学生写得很认真，也掌握到了作文的基本知识和技能，老师辅导得也很认真，她们短短的几句话，显示出了一片热爱语文、热爱学生的冰心。

废话不多说了。希望北师大朝阳附属小学的《童话》也能像孙毓修主编的《童话》丛刊一样，出很多本！

画出梦想

去年深秋，北师大贵阳附属小学邀请我去做阅读讲座。倪永艳老师拿着一手机，翻开她拍的图片给我看，说："这是我们一（3）班的部分绘画日记，请您看看。"当时，我就感到很惊奇，因为图画太漂亮了，非常原生态，而且孩子们的话语也很天然、童趣，完全展现了一年级孩子的想象力和创造力。

倪老师教语文，也是班主任。大家都知道，一年级的孩子最不好带了，而且语文课其实是小学各门课的基础，孩子最早的语言表达、逻辑思维和想象力，都是从语文课起步的，因此不可小看语文课，更不要忽视一年级孩子的潜能。

从作文教学来看，一年级是不需要作文的，但要学会"写话"。"写话"就是要让孩子把自己想说的话写出来，写得比较顺畅，写得比较流利，写得比较真实，写得比较生动，达到了这个目的，一年级语文课就有了重大的收获。倪老师教孩子写话，是有妙招的，为了激发孩子的潜能、培养孩子的兴趣，她让孩子写自己看到的事物，学会从叙述身边的生活开始进入文字想象的空间，因此，她指导孩子们做绘画日记这门功课，让孩子们把自己看到的好景物、游玩过的好景点、体验过的家庭或学校的生活，用简单的图画描绘出来，同时加上文字的描述，于是，一幅幅可爱、单纯、童真但又散发着浓郁生活气息的"绘画日记"，就呈现在老师和我们面前。

常恺玲小朋友在 12 月 25 日做的第二次绘画日记里，画了一座绿色的山，大人和孩子在山路上行走，下面写的话告诉大家，生日那天，爸爸妈妈带她去爬山了，让她感到很开心。邓羽涵小朋友在 11 月 17 日做的第六次绘画日记里，画了可爱的熊猫一家，还有青青的竹子，下面的话记录着她一家去四川成都看到熊猫的喜悦。李湘阁小朋友在 11 月 30 日做的绘画日记里，画了一幅很唯美的图画，五色的鱼儿在蓝色的海水里游动，下面写的一句话是："海底世界真奇妙，真想潜入海底看一看，玩一玩。"龙美璁小朋友在 12 月 7 日做的绘画日记里，画的是一幅拔河图，神态真切，画面鲜亮，下面的话写得也非常好，讲述了自己参加学校第三届冬季运动会的体会……这些绘画日记无论从图画本身的生动性，还是从文字的真实感来看，都是非常出色的。一年级孩子的"写话"，就得从感性的生活开始，就得符合孩子的烂漫童心。我觉得倪永艳老师在一年级语文课中，尝试以绘画日记来培养孩子语文学习的兴趣，同时以感性而艺术的形式来拓展孩子的想象空间、发展孩子的语文描述和绘画能力，这是一次很值得肯定的探索。

语文课很难教，教材需要改进，课堂教学也要多多探索创新。"绘画日记"不仅仅达到了让孩子把话写好的目的，培养了孩子的艺术感悟力，还提高了孩子学习的兴趣，也让孩子学会把学习与生活有机结合起来，做到了课堂与生活的联通，学习力与其他能力的互融，想象力与创造力的并举。

希望看到北师大贵阳附属小学孩子们更多、更美、更感人的绘画日记！

过幸福的文学生活

　　章丘清照小学王文科校长很重视校园文学，不但支持学生成立文学社，还支持老师成立文学社。这不，他请我给海棠轩教师文学社社刊写个卷首语。

　　海棠轩，这个名字好。海棠是北方的植物，我问过给我家小院子栽树的花农，他来自天津武清乡下，家里也栽种了很多海棠。他说海棠主要有两种：一种是观赏性海棠，它只开花，结的果子很小，有的不结果，是供人观赏；还有一种叫果海棠，不但开花，而且结果，果子酸甜，像很脆的苹果。因为喜欢海棠，我在小院子里也栽了一棵海棠。说起来，这和我的阅读有关。我曾经读过一本关于叶圣陶先生的评传，书中就讲到，叶老在世时，很喜欢海棠，他家的院子里就栽了西府海棠，每年花开，他都会叫上冰心等老友一边观赏，一边喝茶。真是"雅聚"呀。叶老家的院子，我去过，他的第四代重孙叶刚就是我的朋友，他也写童话，出版了多部作品。叶刚兄现在住的就是叶老的旧居。叶刚兄好几次请我去喝茶，因为时间匆忙，我只去过一次，但有幸欣赏到了叶老栽的西府海棠，长得还很好，枝繁叶茂，每年都会开花结果。叶老家的西府海棠大概就属于果海棠吧，长得比较高，算是小乔木。

　　我是不懂植物学的，对花鸟虫鱼的知识基本不通。海棠在北京随处可见，很多社区的绿化地带都会栽海棠。听老北京人说，过去四合院里，一般都栽有海棠。我家三套房子所在的社区里，都栽了海棠，有一个社区里栽了上百株海棠。每到春天，海棠好像就一直在开花，让人觉得温暖、清新、美好。有些海棠开的花很密集，刚来北京时，我还以为这样的海棠是樱花呢。海棠花含苞欲放时，特别迷人，那一粒粒粉红的花苞，在阳光下闪闪发亮，让人惊喜。北方人觉得海棠是吉利树，大概也与它的浓郁的生命气息有关吧。

海棠轩，这个名字好。有海棠，或者说，种了海棠的房子，多好。读书人，有一个居室，有一座房子，有一个院子，种上海棠，那是一种幸福。海棠轩作为文学社的名字，是很有寓意的，我很喜欢这个名字。清照小学是有文化的小学，是有诗文化与艺术氛围的校园，王文科校长能歌善词，很多孩子喜爱读诗、诵诗、写诗。老师们成立海棠轩文学社，聚在一起，探讨文学，探讨写作，过一种文学的生活，这是多么和谐，多么美好，多么令人钦佩！

我也想和清照小学的老师们一起，过一种文学的生活。文明的人，一定要过文学的生活。过文学的生活，才会变得更优雅，更智慧，更快乐，更幸福！

亲近橄榄绿

经常收到《中国武警》和《橄榄绿》这两份杂志，也很喜欢读其中的文章，尤其是通过《橄榄绿》杂志里刊登的武警基层作者的小说、诗歌和散文，品味着武警战士的别样生活，欣赏着武警战士的威武雄姿，有一种新鲜的感受。我特爱"橄榄绿"这个名字，它是武警部队的标志，给人亲切美好的感觉。在西方文化里，橄榄绿也是和平幸福的象征，人们把和平鸽与橄榄枝联系在一起，表达一种对和平的呼唤。在中国，橄榄绿因为有了武警官兵的美好形象，被赋予了新的内涵，它不但有西方文化里的符号意义，还体现着国魂军魂的魅力。

我和武警官兵有过一些交往。几年前，在北师大做校团委副书记时，与武警北京某部联合开展过一些青年活动，还应邀到一些营区里去做讲座。而最早与武警部队接触，是十多年前，当时我还在安徽的一所大学里教书，因为业余写作，也被称为作家，被当地武警消防支队政委邀请去给官兵讲文学，谈读书。那次我记得很清楚，小小的会议室里，几十号人围坐在一起，刚刚入伍的士兵听起来特别认真。讲座结束后，我把自己带去的一捆书送给大家，没想到支队政委连说"不行不行"，非要花钱买，不肯免费收我的书。有位战士说："谭老师，你给我们做了那么好的讲座，我们怎么还要收你的礼物呢。"那一次，我最终还是坚持送了书给大家。武警战士的诚恳给了我深刻印象。后来，支队政委又请我去看战士训练，我认识到了消防武警干的其实是玩命的活。来到北京后，我和武警官兵有过近距离接触，曾随两位武警部队的朋友到大兴看武警战士的演练。好家伙，武警战士练的功夫可真了得！我无法形容他们的高难动作，恐怕一流的武侠小说作家也描绘不出来，难怪在抓获罪犯、抗洪救灾的关键时刻，都有武警官兵大显身手。

武警部队也有一支很了不起的文艺队伍，其中的几位优秀作家，我比较了解。如《中国武警》杂志的王久辛和《橄榄绿》杂志的温亚军，都是鲁迅文学奖获得者。王久辛的长诗创作代表了当代史诗的水平，温亚军的小说在新世纪的中短篇小说中可谓翘楚，可惜我一直没有好好给他们写过一篇评论。这些年，我从事创作与理论批评，很不喜欢扎堆给名作家写赞词，倒是为很多不出名的新人写了大量的推荐文章。在很多场合，我对王久辛和温亚军有着由衷的赞叹与肯定。在文学界，大家习惯用"军旅作家"称呼部队作家，很多人甚至都把"军旅文学"与"主流文学""政治文学"及"红色文学"视为同义词，其实，认真读了《橄榄绿》杂志上的文学作品，了解武警官兵的生活后，就会知道，这些身着"橄榄绿"的军人，身上散发的更多的是人性的光芒。无论是普通的战士，还是警官，他们的刚毅、坚定、勤奋、吃苦、勇敢，都和部队的锤炼的有关。军营是一个熔炉，武警生涯更是一次次灵魂的洗礼！

没错，读着武警作家的作品，和武警部队的师友打交道，感觉他们身上体现着的正是军人的力量。听人说过这么一句话："当兵后悔两年，不当兵后悔一辈子。"不知道武警官兵们是否也很熟悉它。当兵很累，因为军营生活太艰苦了，但部队对人的意志品格的锤炼是可以让人受益一辈子的。

少年时我有一个梦想，希望自己穿上军装，成为将军。那时候，很钦佩那些上马挥戈、下马挥毫的将军。少年的军人梦今天虽然没能如愿，文学梦却得到了部分实现。我想，我不能加入军营，也不可能在武警部队服役，但我可以书写武警，为军魂讴歌！

清 贫

前天去保定，到河北大学见一位师弟和一位师兄。两人都是教授，其中，师兄已是博士生导师，而且是学术带头人；师弟去年评上了教授，也开始带硕士生了。晚餐时，谈起大学教师的处境，彼此都很有感慨。

师兄告诉我，他们部门有一位老师，教书十多年了，评上了副教授，但到现在为止，还没乘过飞机。他们部门还有一位年岁不小的老师，竟然连火车卧铺都没体验过。我听了以后，有些不相信自己的耳朵，但师兄言之凿凿，语气是肯定的，再问师弟，原来他们月薪也就四千元多一点。

记得去年，《中国青年报》还做了一个大学教师工资、收入的专题报道。那篇文章有一个先入为主的观点，那就是，现在大学教师工资很高，收入颇丰，而且很多大学教师灰色收入很多。其实，大学教师的工资，很多还不如城市里的中小学教师。比如说，在北京，一般的大学讲师，月薪大概只有六千元多一点，扣除所得税和其他各种名目的费用，真正拿到手，一年也就六万来元。而很多城区小学，尤其是重点中小学，教师工资普遍比这要高。几天前，我去厦门给海沧区一中学做讲座，那里的教师月工资一般都有六千元，一点也不比北京高校的讲师工资低。有人说，很多大学的教授、博导都很有钱，他们有项目，有科研经费；但大家不知道，现在申报科研项目，如果没有关系，没有学术头衔，是很难拿到好的项目的，尤其是重大项目，更是一般教授所不能想象的。而且做科研、做项目，看起来有一笔经费，但开支起来，报销起来，都很麻烦。再说，一位老师一辈子都难申请到几笔经费，况且能够申请到科研项目的教师毕竟只是少数。因此，靠科研是发不了财的。绝大多数教师还是靠基本工资过日子，而在北京这样的城市，高房价、高物价、高消费，一个人拿着几千元的月薪，究竟能过什么样子的生活呢？稍微有些头脑的人，都是想象得出来的。

我在微博上反映了大学教师这种困难的处境，有网友说，大学教师收入很高，而一般清贫的教师都是老实人。对这一点，我倒不完全认同。大学里清贫的教师，据我的观察和了解，有两类：一类是水平比较一般，人的确也很老实的。他们只能上上课，没有太强的科研能力，自然也挣不到外快，所以只能靠工资过日子，生活就很窘迫。另一类就是专业不热门，不太实用的，如历史专业的教授，还有数学、物理、化学等基础学科的教授，都是很穷的。因为这些学科看上去没有实用性，国家不重视，社会不重视，学校不愿意多投入，他们在外面挣钱也很难，所以都比较清贫。

大学教师清贫的根本原因，还是政府对教育投入的不足，整个社会都功利化办学导致的。希望政府能够更加重视教育，给教育多投入一些，让大学教师摆脱清贫的处境。一个教师的清贫，伤害的不仅是教师，而是未来一代，是国家和民族的明天。

让爱充满人间

每一个人都希望生活在爱的世界里，都希望生活在和谐的家庭和社会环境里，都希望被人爱，都希望过着幸福的生活。但是不是每一个人都想到要付出爱，都想到要为爱而奉献呢？

的确，我们每一个人都被爱包围，都享受着长者的关怀、领导的关心、亲人的关爱和晚辈的关注；但在享受爱，享受个人幸福的同时，也应该为他人做点什么，为社会做点什么。

我想起自己的童年，夏天的夜晚，为了哄我们入睡，妈妈一边给我们扇着扇子，一边给我们唱儿歌。那时候，妈妈的声音是多么动听、多么温暖，让小小的我感受到了家的温暖。冬天的夜晚，因为怕我们睡觉着凉，爸爸半夜起来给我和哥哥盖被子。长大后，离开了老家，到很远的城市去读书、去工作，离爸爸妈妈远了，童年的伙伴也渐渐失去了联系，但亲人的关怀，爸爸妈妈的牵挂，一直伴随着我。身边的同学和朋友也越来越多，他们给予的支持，更是对我的成长起到了关键的作用。还有老师们，他们给予我知识和智慧的启迪，我永远难忘。结婚成家后，有一个幸福的小家，有可爱懂事的女儿，有疼爱自己的妻子，对家的理解也深了，对幸福的感受也多了。我觉得，爱是一个空灵又实在的字眼，它有很高的境界，有很多的标准，需要我们落实到实际生活之中，在为人处世的点点滴滴中展示自己内心的美好，把爱的情感自然流露。

我是一位大学教师，在和学生交流时，经常会有学生愿意和我探讨爱的问题。对于爱，我是这么理解的：爱，对我个人来说，意味着自我的激励、自我的努力、自我的奋斗，不然的话，就是不珍惜时光，是浪费生活。同时，爱，意味着要懂得感恩，懂得奉献，因为一个人的成长，不但要靠自己，还要靠亲人，靠老师，靠朋友和同事，也要靠其他方方面面的人。要学会站在他人的角度看问题，要懂得孝顺父母亲，懂得感激那些曾经帮助过自己的每一位老师、朋友和同事，懂得回报社会、服务社会。

　　有一句话，大家都明白，那就是"想得到爱，就必须先付出爱"。人不能一味苛求别人，那些从来不愿意付出爱的人，是很难获得幸福的。现在不少家庭夫妻离婚，就是因为两口子互相不关心，不包容，苛求对方，不愿意尽夫妻的义务，只想享受对方的爱，不愿意付出真正的爱。其实，家庭生活中，夫妻之间的和谐是要注意很多细节的。家务活，不能只是女人的事；孩子的教育，也不能仅靠妈妈；男人对女人要多一些体贴，女人对男人也要多一些照顾。做儿媳妇的，要像敬爱自己的父母亲一样敬爱公公婆婆。做女婿的，要像敬爱自己的父母亲一样敬爱岳父岳母。这样一来，夫妻就不可能离异，家庭的矛盾也会很少。爱是付出，也是一种理解和包容。

　　我们生活在城市的社区，居住在高层住宅里，邻居少有交流，甚至在同一层楼、门对着门居住了多年，都互相不认识，更不用说有心灵的交流，有互相的帮助。其实，邻里之间的沟通和交流是很重要的，城市的社区就应该像过去的乡村里的人一样，应该互相关注，互相帮助。俗话说得好："远亲不如近邻！"社区居民之间互相关爱，互相帮助，不但使社会和谐，也能促进家庭幸福。这几年，媒体常有报道，有些老人摔倒在街头，都没人敢帮扶；有人生病了，邻居都不愿意去请医生。为什么会出现如此令人心凉的事件？一是我们这个社会，某些人的确丧失了道德操守，不诚信待人，伤害了他人，以至于人们不再相信有爱、正义和公平；二是我们周围，某些人利用了他人的善良，欺骗了他人，以至于自己遇到了困难都难以获得同情。我自己也遇到过这种情况，有一天去乘坐公交，发现有些年轻人不愿意给老人和孩子让座，令人鄙视。但我相信，这样不守公德的人是少数，大多数人还是怀着善意、有着良心的。

记得去年的一个星期天，我开车带着女儿去区少年宫参加舞蹈班培训，路上遇到了一个老人，他捂着肚子，痛苦地蹲在地上。我立刻停下车，把他带到了石景山医院，帮助老人摆脱了心脏病突发面临的死神威胁。后来，这位老人要感谢我，我谢绝了。见到别人有难，能够伸出援助之手，帮助他人解决问题，这是应该的，没什么值得感恩和回报的。如果连这一点同情心都没有了，那我们的社会就太冷漠了。爱，永远隐藏在所有人心中最柔软、最深沉、最真挚的地方。我一直相信，你爱别人，感动了别人，别人就会记得你，而你也会觉得很快乐，这就是最好的回报。

作为现代公民，爱不仅仅是爱自己、爱家人，还要爱护社区里的环境，关心社区里的人，做文明的市民，讲公德，树正气，乐于助人，乐于奉献。这样一来，大家就会觉得和谐幸福，就会感觉到生活在一个充满爱的世界里。

如果我们奉献爱心，从我做起，从身边的小事做起，用生动感人的生活细节来诠释"爱"这个字，那么，"爱"这个字就不会离我们遥远，更不会显得空洞无物。

《最初的脚步》后记

这几天，北京连续阴雨，一个夏天，过得挺凉爽的；但不好的是，前些日，因为大雨遭了水灾，死了不少人。因此，心里一直难过。

来到北京十一年了，对这座城市充满复杂的感情。无论如何，对它有深度的认同，也有很多的思考。我喜欢它的大气包容，能够容纳我这种从乡村求学来到城里的孩子。本来我的性格里天生就有一种懦弱和胆怯，是这座城市给了我很多机会，让我总是雄心勃勃，充满斗志。

回忆自己的写作经历，应该有整整二十年了。写的文字很杂，完全出于兴趣，对名利真的没有一点追求。可能别人以为我是为了发表而写的，也可能以为我是为了发财而写的，当然也有人以为我是为了获奖而写。其实，写作之初，完全是兴趣，后来投给各种报纸杂志发表了，有编辑的提醒和鼓励，写作就渐渐变得从容不迫了。而且每次写作，都是在情感的驱动下完成的，因此，写作的自足性和愉悦性是不言而喻的。

我上大学后离开老家湖南安仁县，一直在外奔波，其中的劳顿可以想象。每一个从乡村里出来的孩子，要在外面扎根，都是一篇充满艰辛也饱含快乐的长文。这里，我要说的是，我一直热爱自己的家乡，也曾经想给家乡专门写一本书。我在安仁的领导和朋友面前承诺过，要给家乡写一本书。这本小书，算是先给家乡的父老乡亲一点文字之礼吧！里面有我的童年，我的成长，我的乡情和对家乡的热爱！

书的后面，我收录了几篇写我的文章，尤其是谭涛峰、李琼林和张扬贱三位老师的文章，是对家乡的关注，更是对我的鼓励。

在文学之路上，我得到过很多老师的帮助和指导，也得到过很多朋友的帮助和指导，我不能一一列出他们的名字，但我内心一直对他们怀有感激。我应该好好工作，好好生活，好好写作，把爱献给我深爱的师友和周围的善良的人！

最后要特别感谢张海君兄，是他给了我这次出书的机会！

《绿色的梦》后记

很惭愧，我并不是真正意义上的散文作家。初学写作时，尝试写过一些小散文，发表了不少属于散文诗的作品。那时候，我的确也是把它们当诗写的，做一位诗人一直是我的理想，至今，我还希望别人称我为诗人，而不太希望别人说我是评论家和作家。

近年来，有了点名气，也获了些奖，就有不少报刊约我写一些专栏文字，于是，就有了这些散文。这里，我得特别感谢《少年时代》的主编金文、《辽沈晚报》文艺版主编胡琛若、《北方工业大学校报》的尉峰、《人民日报》的常莉、《中国新闻出版报》的周翼双、《中国教育报》的张杰、《中国武警》的王久辛、《清远日报》的唐德亮和《东莞文艺》的谢莲秀等诸位编辑老师，谢谢你们给予我的关注和厚爱。没有你们的催促和邀约，我就不会写出这么多的文字。

写作是一件率性的事情，也是应该坚守真诚品格的。所谓"文如其人"，就是文字和人格应该互相映衬，文品和人品相得益彰。

文坛热热闹闹，世界熙熙攘攘，但我们的内心世界还是要保持宁静与平和。写作就是这么一种保持内心安静与平和的方式，它容不得我们去亵渎、去玩弄，但经得起我们去亲近、去追求、去缠绕。爱上写作，就是爱上一种智慧人生，就是爱上一种超脱的生活。

张怀存，是我最喜欢的诗人、作家之一，她一直把我当作老师，而我一直把她当作最好的朋友，她美丽、真诚、智慧和从容，这些正是我们这年长一些的人所需要保持的。谢谢她鼓励我，让我把这些散文整理成了一本书稿！

　　谨以此书献给疼爱过我但已离世的外婆和母亲，献给我的父亲、岳父、岳母，献给我的爱人和女儿！

相信童话

　　记不清是什么时候开始读童话，也记不清是什么时候开始写童话。

　　小时候读过的中国神话故事、民间传说、《聊斋志异》和《安徒生童话》等是我最初接触到的童话，但要真正读童话，应该算是大学时候。那时在外语系读书，英文资料室里有不少原版英语童话，《王尔德的童话》和《爱丽丝漫游奇境记》等，我借阅过，留下了深刻印象。尝试写童话，是大学毕业工作以后，当时教英语，教学之余，依然痴迷于诗，偶尔也读读少儿报刊，学写一些童话。我的第一篇童话是二十年前在《早期教育》杂志发表的，责任编辑是姚国麟老师，我还收藏过他给我写的信，字迹工整、儒雅、大气，是练过书法的。

　　比较多地发表童话，是五六年前，多家少儿报刊给我开过童话专栏，接着，先是出版了一两个童话集，后来是出版系列童话。至今，我在十多家出版社出版了童话集。但我写童话、出版童话集，并不是为了赶时髦、凑热闹。近十来年，很多儿童文学作家写童话，一出就是一个系列，有的作家写得很快，一年出版几十本童话。一方面，我很佩服这些作家，他们竟然有如此高的产量；另一方面，我也对这种热闹保持怀疑和警惕。此外，最近书店里充斥着很多所谓"名家童话"，都是重复出版。有的作家一篇作品同时在好几家出版社出版，这是违反版权法的，也是对读者不负责任的。我注意到了这些问题，在写作和出版时，尽量保持原创，把最新最淳朴的作品献给读者。

因为研究童话，研究儿童文学，所以对中外童话的状况比较了解，也形成了自己的看法。童话是一个幻想世界，展开的是与现实不一样的文字空间；但童话不是假话、不是造假，童话是用幻想方式来反映真实的生活，它满足的是儿童幻想的生活。读经典童话，我们可以找到很多与生活的对应，可以从童话故事和形象里找到生活的影子和生活的真相。会读童话的人，不但可以张扬想象力，还会启发思维，拓宽视野，找到很多问题，从而学会创造和超越。

写这些童话时，我在想，我应该写一些能直接启发小学生讲故事能力的童话，让他们知道写作不难，只要认真写，找到一些奥妙，就可以变成童话作家。小学语文老师喜欢让学生一开始作文就写得深刻，其实，开始需要的是培养学生对写作的兴趣。从讲故事开始，来培养作文，是一条很好的捷径。因此，我尽量写得精短一些，让语言更集中，让故事更集中，这样小读者一读，发现用简单的文字讲述故事是可行的。收进这两本童话集里的作品，都是我在新浪微博上写作的，很受微博里师友的欢迎，很多语文老师和培训老师直接拿去给孩子做范文，效果很好。还有些妈妈读了这些童话后，学会了讲故事，她们以这些童话为范文或故事核，给孩子讲故事，也教孩子写故事。不少老师和家长反映，读了我写的童话，孩子对作文不再畏惧，也对写故事感兴趣。我想，这就是我不一样的语文教育的价值。

在现代社会，优秀的儿童文学作家一定是语文家，一定能把创作与语文结合起来，让自己的作品更适合引领孩子的语文学习。

我想，我应该给孩子提供好的语文读本，用诗，用散文，用童话，用其他的文学样式。当一位作家能够启发并引领孩子的语文学习时，他是了不起的，也是最幸福的。

让我们相信童话，童话是最初的语文！

让儿童诗陪伴你成长

从 1995 年在《小溪流》杂志发表儿童诗起，我的儿童诗写作历程已有二十年。

现在想不起来，当初为什么会写儿童诗，而且一写，竟然就达到了发表水平。当然，我一直感谢编辑的爱护和扶持，这二十年间，我的儿童诗得以不断在《儿童文学》《少年文艺》《东方少年》和《少年日报》等各类儿童报刊发表，甚至开设多个专栏，也被《新华文摘》转载，还被收入到小学语文教材。

这些年，我也编了一些儿童诗选本，几乎每一本都要加印，有的还发行了二十万册。这大概和我的阅读有关。我收藏了几千册儿童诗集，对中国现代儿童诗是很熟悉的，甚至可以说了如指掌。我经常应邀到北京、广州、福州和深圳等地一些小学做儿童诗讲座，还亲自给小学生上儿童诗阅读课，颇受欢迎。之所以做这些工作，就是觉得孩子需要诗，需要读诗，需要读儿童诗，尤其是需要我们给他们正确的指导和引导。小学教育还需要诗教，诗教也是语文教育最具有美感、最富有吸引力的一部分。因此，我也呼吁重视儿童诗教育，不但家长要多给孩子读好诗，老师也要引导孩子读好诗。

童年有诗，是不一样的童年。童心有诗的滋润，一定更加空灵，更加聪慧，更加柔软，更加美好，更加纯净。

刚开始写儿童诗时，我是模仿少儿报刊上发表的作品，尤其是一些比较有名的诗人的作品；后来，又模仿国外的优秀儿童诗；再后来，就写自己的，并且尽量摆脱传统的写法，追求心灵的自由，追求对童心的理解，追求对想象力与审美世界的建构。儿童文学是最初的文学，也应该是最纯正的文字。因此，无论写儿童诗，还是写童话、儿童散文和儿童小说，都应讲究语言规范，适合儿童接受，并且让他们感受到语言之美、语言之妙、语言之趣。

我觉得纯正的文字是符合心灵律动的文字，也是发自内心的声音。儿童诗有童心的单纯，也有童心的干净，还有童心的神秘。优秀的诗人，应该用简单的文字传达丰富的审美世界，因为诗歌不是让人复杂的，而是让人单纯的。儿童诗不但让童心单纯，也让成年人的心变得干净、明亮。

写儿童诗，是因为我爱孩子，也因为它能让我回到童年，让我的心和童心贴得很近很近。写儿童诗，不需要天赋，只需要爱、勤奋，只需要美的呵护、语言的敏感、想象力的张扬。

这本诗集已经是我的第六本儿童诗集了，能够公开出版，得感谢编辑老师的厚爱，也希望得到读者的肯定。

想念童年的月光光

《童年的月光光》是我的第三本儿童散文。

之前，我出版过《翻开春天这本书》和《有书的日子真好》这两本儿童散文，也出版过一本随笔集《我的书生活》，它主要是谈读书，谈生活，谈文学，也讲述我的童年经历。它们受到多家媒体的关注，适合初中生、高中生阅读，也适合一般读者阅读。

严格意义上说，我不是一位儿童散文作家，但二十二年前我发表的第一篇散文《榴缘》讲述的就是童年的经历，算是一篇儿童散文。我得感谢很多少儿报刊的编辑，是他们的约稿，让我有了一篇篇的儿童散文。现在收集起来，发现竟然有三百篇之多，足以出版一个系列。可惜只能出版一册。

写儿童散文，要注意三个方面：一是要注意遣词造句，语言要纯正，清新，要朴素中见优美，让儿童读者能够感受语言之趣味与美感。二是要从自身童年经验出发，多写儿童熟悉的生活，在情感表达上，一定要真实、真挚、真诚。三是写儿童散文，最忌讳写成心灵鸡汤，不要动不动就写所谓的"美文"。长期以来，由于中小学语文教育教学的落后，儿童受到"课文体"的限制，受到"鸡汤"类文字的限制，因此，写作缺乏真诚度，文字缺乏感染力和召唤力。

儿童文学作家应该有使命感，不但要对语文负责，还要对教育负责；当然，最重要的是，要对文学负责。无论写散文、诗歌，还是童话、小说，儿童文学作家都要站在语文的高度来写作，我们交给孩子的文字，不能败坏他们的胃口，不能把语文教育引向庸俗。儿童文学作家要有教育情怀，每一个文字都要用心去写；孩子最信任我们，我们不能用虚伪的文字欺骗他们。儿童文学作家都要有审美水平，要有审美创造力，不能用平庸的文字来游戏生活，更不能用僵硬的文字来浪费孩子的时间。写作，是一种文字游戏，但它是想象力的展现，是文字的创造，是对语言奇迹的信服，是对语言智慧的唤醒。

小时候，我读过泰戈尔的散文诗，读过冰心、朱自清、俞平伯和叶圣陶等作家的散文，但对我的散文影响比较大的，还是屠格涅夫、普里什文和梭罗等作家。我喜欢用散文的方式来记录我的生活感受，来讲述我的童年，来回忆我的母亲，来思念我的亲人，来表达我对自然的爱、对生活的爱、对孩子的爱。

我一直觉得写散文是很容易入门的，只要想写，就能写出可以发表的作品，但要写好散文是很难的。好的散文，需要文字的提炼，需要把复杂的生活简化，需要从容自由的心灵，需要真实真诚的人格。散文写得花哨，是经不起推敲的；散文写得流行，是经不起批评的。

把《童年的月光光》献给儿童读者吧，这也是一次值得庆幸的文字相遇。

怀念启先生

　　2005 年 6 月 30 日一大早，也不知是什么缘故，平常从来不在早上上网的我，竟然打开了电脑，没想到在网上看到了启功先生去世的消息，这令我十分震惊。因为在我的心目中，启先生是常青树，他永远也不会凋零的，永远也不会离我们远去。那天早晨，我也不知道是怎样度过的，我记得自己的脑子里好像突然间失去了什么，心里也空落落的。

　　我没有吃早餐，我对爱人说，我得去学校。我想看看启先生去世后，学校里会是怎么个样子。我的心里总是隐隐约约地觉得少了什么，好像倒了什么支撑物似的，但是说不出来。上午我又浏览了学校的网站，得知学校已经在英东楼为启先生设置了灵堂。吃完中饭，我就到了学校。我首先去的是新主楼的文学院，我不是去找老师或同学的，也不是像往常一样去拿信件和别人邮寄给我的书，我只是想在文学院里体验一下启先生去世后的感觉。我觉得启先生应该还在，他还是我们文学院的一员，这种想法让我眼眶里潮湿，让我无法和任何一个人说话。我在文学院里转了一圈，就到了英东楼，走进二楼，戴着一个同学递给我的小白花，向着启先生遗像三鞠躬。说实在的，我真的希望那里停放着启先生的遗体，这样我就可以再一次看看他的音容，看看他慈爱安详的笑脸！7 月 1 日下午，我又去了一趟英东楼，去启先生的灵堂鞠拜了三次，启先生就这样走了，我好像不甘心似的，我多么希望能看见他呀！可这确实是永诀！我这次完全觉得启先生走了，他带着平和的心，带着宽厚的心，带着深沉的爱，带着绵长的爱，带着他对生活的敬意，带着他对世界的敬意，走了，走了！

我有幸多次见到过启先生，也亲自聆听过他的教诲。我记得第一次是 2001 年 9 月，那是我参加全校第一次研究生开学典礼，他坐在操场观礼台上，给我们讲了好一段话，他讲了北师大校训，讲了我们北师大人要以北师大自豪，他的话语洪亮有力，我坐在前排，完全读懂了他脸上的表情。第二次是不久后中文系举办的开学典礼，启先生来了，他步履还是比较轻松的，那次他讲了有十几分钟的话。我有幸作为一名研究生新生代表发言，再次近距离聆听了启先生睿智而幽默的教诲。2002 年 9 月，中文系举行新生开学典礼，我作为老生代表发言，欢迎新同学入学，可是那一次启先生没有来，据说他的身体不太好。2003 年，我硕士提前毕业，开始攻读博士学位，那次开学典礼我又去参加了，我多么希望能再次看到启先生呀，可是他依然没有来。去年，文学院成立一周年典礼上，启先生没有来，我觉得真的遗憾，总觉得少了启先生的身影，就好像少了点什么。典礼结束后，大家从英东会堂出来时，发现启先生来了，他是被人用轮椅推来的。他头戴一顶青色小帽，穿着排扣衣服，腿上搭着一块青布，笑容可掬，老师和同学们见到启先生，都情不自禁地"啊"了一声，然后说："启先生来了！启先生来了！"在英东楼附近的广场上玩的同学听到后，也跑了过来。启先生来了，这确是一则喜讯，一则温暖如春的喜讯！启先生双手抱拳，不停地边作揖边对大家说："好，好，大家好！"

和老师们合影留念后，工作人员准备推着启先生回去休息了。这时候，我受到了某种鼓励似的，大胆地走到启先生面前，对他说："启老，您好！"启先生显然听到了，他对我抱着拳，和蔼地笑着说："好，好！"启先生这一举动又使我冒昧地提出了进一步的要求："启老，能和您一起照张相吗？"没想到，启先生听到后，高兴地点头同意了，推着启先生的工作人员看到启先生很高兴地同意了，就停住了脚步。这时候，周围的同学也像是受到了鼓舞似的，立刻围过来。天哪！二十余名师弟师妹挤过来了，我差点被挤离了启先生身边，反应敏捷的罗靖老师抓住时机，按响了快门！"咔嚓咔嚓"两声，我们和启先生终于有了一个合影！这个合影成了启先生生命最后阶段和文学院学子们唯一的一张合影！我也在其中，我也在启先生的身边！我觉得这是罗靖老师送给我的最珍贵的礼物，也是启先生给我的最好的礼物。

2004年冬天，我有幸获得了"励耘奖"一等奖。大家都知道，这个奖是启先生捐资设立的，又是启先生提议以他的恩师、业师——也是我们北师大的老校长陈垣先生——的书房的名字命名的。这个奖两年评一次，我们文学院已有好几届未获得一等奖，我能成为这个奖的获得者是多么荣幸！那次颁奖会上，我也希望能看到启先生，看到启先生来给我们这些幸运的获奖者颁奖授辞。可是，启先生还是没有来。当我捧着获奖证书，站在颁奖台上和学校领导及其他获奖的同学、老师一起合影时，我仿佛看到了启先生慈爱的笑容。双手抚摸着证书上烫金的字，我感受到了启先生给我的心灵的恩泽、学术的恩泽！

出于敬意，出于自豪，这几年我读了启先生好多诗词，也欣赏过他的书法作品集，更喜欢听人介绍启先生，讲述他传奇而朴素的人生。从他的为人、为学、为艺、为师，我觉得最值得我敬仰的是他的高蹈的人格，无论世事如何变化，他都是一颗不变的真心，他都是一颗不变的善心，他都是一颗不变的诚心。无论遭遇何种坎坷，他都是热爱生活的，他都是对事业、对世界满怀敬意的。他敬业，他尊敬自己的老师，他关爱每一个学生，他是中国最标准的老师、最标准的知识分子、最标准的长者！

启先生去世了，我觉得我得写点什么，做点什么。我要写出我对启先生的敬意，我要写出我对启先生的感恩。作为得到启先生润泽的学子，我还要好好学习，好好钻研，更加认真地做人，更加刻苦地做事。我想，将来无论在什么岗位，在什么环境工作，我都会像启先生那样，怀着善意，怀着敬意，怀着爱心，怀着诚心，去为人，去做事，去奉献！

一位和善的老师

认识张美妮老师是在 2000 年，那年八月，安徽省的刘先平老师召集大家开了一个儿童文学创作研讨会，会议地点在黄山太平湖风景区。当时我还在华东冶金学院教英语，业余写一些儿童诗，获得了《少年文艺》和《儿童文学》杂志评选的优秀作品奖，还写过几篇儿童文学评论文章。那时候，我没有要做儿童文学的意识，纯粹是闹着玩的，不过，刘先平老师很看重，开会前就给我发了请柬，让我一定去参加。

会议上，我认识了张美妮老师。那是我第一次参加儿童文学会议，后来成为好朋友的伍美珍、王蜀、韩进、杨老黑和邢思洁等安徽儿童文学作家、评论家都是在那次会议上认识的。因为我是新手，平常也不喜好热闹，与大家交流很少，不过，会议上，我读了一篇论文，大家反应都挺不错的。记得会议的间隙，我和几位作家在聊天时，张美妮老师走过来，说："小谭，你的发言很好，工作做得很认真。"这时候我才仔细打量身边这位长者和专家，身材比较消瘦，但精神很好，面容很和善，给人一种亲切感。那一次，我们一起照了一张合影，我们站在秀湖度假村的大露台上，后面是波光潋滟的太平湖。

过了一年，我来到北师大学习，和张老师接触的次数多了，逐渐了解了张老师。张老师也很信任我，有些时候到她家里看她，她还会给我安排一些活儿。第一次接张老师的活儿是2002年，天津新蕾出版社要张老师选编一套《当代儿童小说精品文库》，她完全信任我，让我放开手去做选择。那套书有一百多万字的规模，可以说是对当代儿童小说的全面检阅。为了不辜负张老师的信任，我认真阅读，几乎能找到的儿童小说选本，我都读过。后来，我把选好的稿子交给了张老师，张老师很满意，又吩咐我写一个序言，我洋洋洒洒写了近万字，张老师看了只做了一点点修改，就用了。这次工作可以说是一次非常好的专业锻炼，让我熟悉了当代儿童小说的发展脉络，并且体验到了审美的愉悦。当然，张老师让我干这活儿，也是给我一次挣钱的机会，参加图书选编，我拿到一点选编费，补贴家用。我和爱人都在读书，家里开销大，没有工资，生活确实困难。我很感激张老师，她不但信任我，还同情我的生活处境，每次干活儿，她都不让我白干。

后来有好几套书，张老师都带着我做。记得她去世前不久，她主编一套青少年阅读书的时候，还让我和我爱人一起参加编写，书一出版，就把稿费及时如数地交给我，让我们一家人都感到非常温暖。

2006年，我博士毕业了，面临就业问题，张老师也很关心，后来知道我作为人才被引进北方工业大学，有了房子，还得到了二十万元的人才引进费，课题经费也有好几万，她很高兴。那年九月，中秋节的时候，我没有空，就让我爱人买点新鲜葡萄和巧克力去看她。张老师身体很虚弱，我爱人去看她时，她只能躺在床上，说话也没有什么力气，但她还询问我的近况，并且还笑着说："旭东在哪儿干，都能干得很好，他有能力，会做出事业来！"回家后，我问爱人："张老师身体怎么样？"我爱人摇了摇头，然后描述了张老师的身体状况。那时候，我就预感到张老师快坚持不住了。张老师这人做事特扎实，不来虚的，她在北师大教学岗位上做得很出色，很受学生欢迎，还主编了很多有价值的儿童文学选本，为儿童文学做了很多整理工作。我觉得她是累的，退休后，本来她是可以好好休息的。她的视力不太好，眼睛一直很疼，而且她家住一楼，房间里采光不好，但她每天都坚持工作，还常常为人写序作评，有时候我到她家里去，看见她写了文章，就主动帮她打字。

有一次，张老师打电话给我，让我到她家里去，原来她要我帮她砍掉窗外的大石榴树，那棵大石榴树是张老师和她先生栽的，每年都长出很多美味的大石榴，但由于它长得实在太茂盛，把客厅里的阳光都挡了，不得不忍痛割爱。砍掉石榴树后，她和她先生留我吃水果，我劝她少写东西，她说："没有办法，有的是朋友，不能推脱。"张老师这人就是和善，总不愿拂了人家的好意。2006年1月，新世纪出版社出版了她的《儿童文苑品评录》，这是她最后的著作，其中大部分文字都是张老师在视力状况极差的情况下写的。在那本书的后记里，她写了这么一段话：

在儿童文学理论和评论领域，一些学者、研究者致力于深刻的探讨和研究，他们许多精辟的论理、振聋发聩的阐释，无疑将儿童文学理论研究不断推向了一个又一个更高的层次，我对这些朋友一直心怀敬意。与此同时，也有一些理论工作者（包括不少创作者）着眼于对作家作品进行品评和介绍，试图帮助一些儿童文学的初学者和需要对孩子进行阅读辅导的教师、家长更好地理解作品，更好地把握其精髓。这似乎是一种对儿童文学进行普及与推广的工作。现今，也有人称之曰"儿童文学的应用学"。且不论如何衡定，我素来以为，这也是推进儿童文学事业发达、发展的一项不可或缺的工作。我的一些理论、评论文字大抵属于此类，我也十分乐意为之。

很显然，张老师是很谦虚而低调的。不过，这段文字正好证明了她退休后致力于儿童文学的阅读与推荐，致力于发现新人，培养儿童文学的社会意识与读者意识。

北师大举行了张老师追悼会，本来我想要发言的，但那次樊发稼老师一边叫着张老师"大姐"，一边伤心流泪，让我更加悲痛。我悄悄地离开了北师大，我怕自己也控制不了情感，我心里在默念着："张老师，你走好！"我也知道，对张老师的怀念是永久的。

怀念孙幼军老师

8月3日和8月4日，北京市文联组织儿童文学作家去河北蔚县采风，遇到了马光复、杨向红、张之路、王庆杰、杨庆祥、刘丙钧等老师和安武林、孙卫卫、史雷、保冬妮、葛竞、滕婧等朋友。4日下午，我们一同回京。在各自回家的路上，我和之路老师、卫卫都是往西走，于是同坐一辆出租车。在车里，之路老师说："左昡打电话说，孙幼军老师病危，我明天得去医院看他。""啊！"我和卫卫差不多同时惊叫一声。

8月7日，在新浪微博上，看到孙幼军老师病逝的消息，说孙老师在6日上午10点多心衰竭去世，我竟然有些不相信自己的眼睛。早就知道孙老师身体欠佳，长期受到糖尿病和耳聋的困扰，但毕竟他还保持着写作的热度，每年的书展和新书榜上都可以看到他的新书。

7月初，我和白玉玲、田莹、张菱儿等在北师大亚太实验学校为金波老师做一个诗歌朗诵会时，还提到过孙幼军老师。金波老师说："我和孙幼军算是同龄人，孙幼军比我大两岁，我又比发稼（樊发稼）大两岁，我们仨人的年龄是一个等差数列呢。"金波老师这么一说，我就知道孙幼军老师是1933年6月出生的，今年已经过了82岁，算是83岁了。

说起来，我和孙幼军老师有过一些交往，现在想起来很温馨。第一次见到孙老师的具体时间已经记不起来，但第一次近距离接触，还记忆犹新。大概是2005年初夏，高洪波老师带着孙老师、束沛德老师、李东华、商泽军、杨少波和我去聊城采风。我们朝夕相处了三四天，孙老师戴着助听器，和我们说了很多话，聊了很多趣事。我听他谈了自己写作的一些事，他说自己读书时，就爱创作，不爱写论文，还听他讲到自己在外交学院教书的事。他说，评职称写论文，他写不来，枯燥乏味。教大学语文，改改作业，也很难出学术成果。于是，他把更多的精力用于创作。当年的仲秋，大约是十一月，天已经转凉，孙老师开着助力车，来到了我的蜗居。当时，我租住在北师大西南的红联北村一个小一居室里，家里除了一张床、一个电视柜、一个书桌和一个简单的长沙发，什么都没有。我的书都放在床底下的纸箱子里，写作时，需要哪几本，就拿哪几本。孙老师的光临让我受宠若惊。一位年逾古稀的老前辈亲自来拜访我这样的晚辈，这是多么荣幸的事！

　　孙老师拿出他出版的几本童话，笑着对我说："这是我的几本新书，现在春风文艺出版社把我的书全包了。你的评写得好，有才华，想听听你的意见和看法。"孙老师牙齿很少了，但一开口，很像个大孩子，说起话来，好像还有点漏风呢。我也笑了，说："孙老师，您太客气了，您的作品值得我学习呢！"接着，孙老师说："有些儿童文学评论家把我划到'幽默热闹童话'里去，您也看看吧。"那次见面，孙老师还讲了自己和春风文艺出版社合作的一些事，他是个很重感情的人，即使春风文艺出版社当时的童书出版和发行能力还没上来，他也认准了春风文艺出版社，他还夸了责任编辑单英琪。当时，我一边在北师大攻读博士学位，一边兼任《文艺报》少儿文艺版的执行主编。孙老师说，这个版面办得好，对儿童文学的发展有贡献。其实，我的压力很大，来自学业的、生活的，爱人也在攻读博士学位，女儿也两岁了，有时候还真有些迷惘。孙老师听了，说："我们年轻时，比你现在还苦，但都过去了。"那一次，和孙老师聊了很久，到了傍晚，我要留他吃饭，他坚决要回家，还说："以后我要多向你请教!"孙老师如此谦虚,让我惊讶也很感动,自然也有了前行的动力。

后来,我参加了几次儿童文学的活动,都匆匆见过孙老师,可惜都没多聊,因为他也是热门人物,很多编辑、作者和读者想和他见面、聊天和请教。我一直想给孙老师好好写个评,他自 1961 年出版长篇童话《小布头奇遇记》,一直是儿童文学界的常青树,创作出版了《怪老头随想录》《小贝流浪记》和《小猪唏哩呼噜》等不少佳作。在儿童文学界,像孙老师这样的作家已经不多了。可惜,我只给孙老师的《小猪唏哩呼噜》写过评,发表后,孙老师看到了,还写来电子邮件表示感谢。有人评价孙老师,说他是真正的中国派。我觉得,孙幼军老师是现代童话的创新者,他的童话,值得认真研究。孙幼军老师的创作之路,也是当代童话的探索、创新之路,我们年轻一代应该从中悟出些文学的道理和奥妙来。

我想,在以后的阅读和研究中,一定要认真品读孙幼军老师的作品,同时写出优秀的童话,用自己的方式来纪念这位了不起的童话作家。

元义兄，走好

16 日早上 8 点多一点，打开手机，发现有远在广东清远的马忠来电，我未接到。我和马忠兄交往多年，这么早来电，肯定是有事。我赶紧回过去，马忠兄在电话里问："旭东兄，是不是熊元义走了？我从微信里看到有人转发何建明副主席的悼文。"我一听，虽然不敢肯定这个事实，也不敢相信这个事实，但何建明副主席的悼文可不会随便写的。放下电话，我赶紧打开电脑，查看有关消息。果然，熊元义兄于 2015 年 11 月 15 日 8 点因突发脑溢血去世。何建明副主席博客里的悼文《一片纯粹的雪花消失了……——泪送青年文学理论家熊元义》，让我眼前一片茫然，我真的不敢相信元义兄会这么早就离世了，他才 51 岁，还有一个幼儿呢。

记不清第一次和元义兄是在哪一天见面的。好像是十一年前，当时，《文艺报》在总编辑范咏戈和副总编辑吕先富的主张下，新开了"少儿出版"专刊，具体事务由吕先富负责。他很热情，找了一家文化公司给予资金上的支持，可谓费尽心血。"少儿出版"专刊的运作模式是合作办版，《文艺报》由刘颋把关，工资由文化公司这边给我开，让我负责整个专刊的总编事务。当时，我正在攻读博士学位，还兼任北师大校团委副书记，学业和工作都忙，但我还是尽量去做好专刊的编辑工作，差不多每周去一趟《文艺报》。范总和吕总都很看重我，尤其是吕总经常找我，和我谈文学，谈出版，他是刚来《文艺报》的，但对文艺非常内行，有时他亲自撰写刊首语，略略百字，但很见功夫，很见水平。在《文艺报》编辑部转得多了，就习惯性地往文艺理论版看看，有时就去元义兄的办公室聊几句。第一次见到元义兄，发现他个子不高，比我敦实，带着浓重的湖北口音，总是面带微笑。他泡茶请我喝，我们天南地北，聊得几乎忘了办公室还有别的编辑。当然，因为我们聊天也比较有感染力，其他的编辑也不见怪。和元义兄在同一办公室的是周玉宁，她后来和我同在鲁迅文学院首届中青年文学理论评论家高级研讨班（鲁五）学习，算是有缘。每次和元义兄聊天，周玉宁只要在场，都会客气地打招呼，有时还端茶倒水，非常朴实、热情。在元义兄的办公室，我也认识了孙伟科，他当时也在兼职编稿，工作很认真。有一次，我们一起聊到了流行文化，我提到自己正在写一本关于媒介文化与儿童文学的书，可能我的观点有点意思，元义兄就说："聊了这么多次了，你也给我们版面写篇头条呀！我们版面头条不能太长，4000字左右就够。"我当然高兴，笑着答应了。但可能我太熟悉《文艺报》了，当时的主要编辑老师我都认识，反而不好意思写了，总觉得毕竟是有人情的，所以一直未在他的版面里发过头条文章。只是有几篇关于我著作的短评，交给了他和周玉宁，都刊出来了。

后来，元义兄每次出书，都要送我一本签名书，而且每次都要写"请旭东兄批评"之类的话。每次他送我书，我就笑着说："你是理论家，请我当批评家啦。"元义兄确实是一位爱思考、爱钻研的文学理论家，他的每一本著作都试图解决一个问题。他对马克思文艺理论有自己的思考，也研究过悲剧美学，他对当代的文艺思潮也有很深的思考和研究。他的《回到中国悲剧》和《中国悲剧引论》是国内研究中国悲剧的很有深度的美学著作，且后者获得过国家社科基金资助，这在作家协会系统，他恐怕是第一个。他的《中国特色社会主义文艺理论研究》一书，也是具有开创性的，同样获得过国家社科基金资助。有人说他的理论有点"左"，我觉得做文学理论，有什么

"左"和"右"的，不都是要思考问题嘛，理论只要能自圆其说就好，何必以"左""右"区分人群。就我对元义兄的理解和对他的著作的阅读感受，我觉得，元义是一个很入世的学者，他具有强烈的现实情怀，很想通过对文学理论问题的思考来实现自己关怀社会的抱负。认识他的师友都觉得他敢于说话，甚至不怕得罪人，他有时候批评文艺界的怪相非常尖锐，有些人还善意地提醒他，说："在体制内工作不容易，还是要注意。"元义兄一直就是很直率，他不爱说假话、说套话、说空话，这也让他有些不得志。他是作协系统里少有的博士，理论素养也很高，在文学界名气很大，多家高校请他做兼职教授、硕士生导师。

元义兄和我们北方工业大学有过几次学术交流，对我们中文系很有感情。一次是我们中文系邀请他来给本科生做讲座，在第五教学楼一楼的阶梯教室，那次学生来了上百人，讲座效果好。元义兄谈文学的热点问题，声音洪亮，也有笑点，效果很好。2013 年 11 月，在王文革兄的支持下，我们文学与传媒艺术研究中心主办了一个"时代转型与文艺创新"研讨会，邀请了元义兄和向云驹、余三定、孙伟科、廖四平和高昌等十来位文艺界名家，元义兄的精彩发言还历历在耳。今年六月，在文革兄的召集下，我们又在北方工业大学围绕文革兄主持的国家社科基金项目，举行了一场关于文艺观念流变的研讨，元义兄又来捧场了，那一次，文革兄、马建辉兄、元义兄和我一起又畅聊了一夜。

和元义兄见的最后一面，是今年八月中旬。那天上午，突然接到元义兄的电话，他说："旭东，你忙什么呢？我在你们学校参加美育会议呢！方便过来聊一下。"于是，我赶紧找了几本绘本，带到第一教学楼，送给他的幼儿，和他在楼道里聊了半个小时。我们聊了一些作协的事，也提到了身体问题。他脸色不太好，我说："你别熬夜呀！这可是划不来的。"他还说："没事，没事，我身体还可以。"最后一次电话，是上个月中旬，元义兄又说："你能给我们版面写篇头

元义兄，走好

条吗？可以谈谈近几年文艺理论批评的断代问题。老兄不要老欠债呀。"对元义兄的这个约稿，我倒是蛮有想法的，也想写一篇，当时满口答应了。这一个月忙忙碌碌的，一直想要动笔写稿，但几次打开电脑，又没有静下心来。现在，元义兄走了，我还欠着他的好几次约稿呢。

16日那天，我一面给马忠兄回电话，一面给文革兄和四平兄短信，希望他们保重身体，也一面打开元义兄的大著《文艺批评的理论反思》。翻阅他的热血文字，我觉得元义兄是肝胆之交，是值得信任的朋友。他出道比我早，理论做得好，我要认真读读他的著作，继续写些思考性的文字，不枉元义兄的信任。

元义兄英年早逝，是中国文艺理论界的损失。他身上有荆楚文化的倔强与聪敏，也有乡村弟子的勤勉和坚韧。元义兄，值得我学习！元义兄，走好！